SIN CÓDICE
NO HAY CULPABLE

FAUSTO FRANCO SOSA

Un especial agradecimiento a Ana Bolox, que me acompañó con su experiencia y paciencia en todo el proceso de escritura.

CRÉDITOS
Correción ortotipográfica y de estilo: Marian Ruiz Garrido.
Diseño portada: Fernando Mézquita / Diseñando tu mundo.
Maquetación: Fernando Mézquita

A Ligia y a Pedro, con amor.

"La ambición siempre está en el mismo sitio, entre las esperanzas y la realidad, pero nunca se sabe cuándo puede ser el puente que las una y cuándo el abismo que las separa".

Benjamín Prado

Contenido

UN BULTO LLENO DE POLVO

El segundo día de primavera hizo calor, pero no tanto como suele en Yucatán. El sol todavía no había alcanzado el cenit y Manuel se encontraba parado en la cima del cerro revisando las piedras cuando escuchó que le hablaban a gritos:

—¡Manuel!, ¿dónde estás? —El que estaba con los trabajadores excavando la estructura era su mejor estudiante.

—¡Aquí arriba! —gritó mientras se acercaba al borde—. ¿Qué sucede?

—¡Baja, encontramos algo! —La excitación del muchacho era inocultable.

Sin dudarlo, un poco temerariamente, bajó deprisa brincando de piedra en piedra. Al llegar al piso, vio a los trabajadores reunidos en la entrada de la cala que habían abierto. «¿Qué será lo que encontraron, que los tiene tan excitados?» pensó mientras se acercaba a ellos.

—¿Que fue? —Se dirigió a todos y a ninguno en particular, con evidente curiosidad.

—Mira por ti mismo, pero lleva una lámpara. —Manuel observó que el estudiante hacía un evidente esfuerzo por parecer tranquilo, pero no conseguía controlarse.

Tomó la lámpara que le ofreció uno de los trabajadores y se deslizó por el túnel hasta llegar al fondo, en cuya pared vio un agujero del tamaño de su cabeza. Sin pensarlo dos veces, apuntó la luz al interior y acercó la cara. Lo que vio lo dejó sin habla durante unos segundos.

—¡Llamen a Emilio y a Mayor! —Sabía que detrás de él estaba expectante su alumno, seguido por algunos otros estudiantes que se encontraban cerca al momento del hallazgo—. ¡Traigan un pico y las palas! Hay que seguir excavando; tenemos que entrar. Saquen este escombro de aquí y críbenlo. —Giró la cabeza para comprobar si los muchachos se habían movido y permitían la entrada a los trabajadores.

Minutos después, mientras terminaban de sacar el escombro y se aseguraban de que la apertura permitiera el paso de una persona con facilidad, Emilio entró seguido de Mayor:

—¿Qué encontraron? —Manuel observó que Emilio parpadeaba tratando de acostumbrar sus ojos a la tenue luz de las lámparas—. Dime qué hay.

—Será mejor que lo mires tú. Ya se puede entrar. —Se pegó cuanto pudo al muro para que los recién llegados pasaran primero.

El silencio se imponía. No sabían qué decir y su mirada se deslizaba en la dirección de los haces de luz, hasta que uno de ellos apuntó hacia un bloque de piedra labrada que sobresalía del piso en un rincón:

—¿Qué es lo que hay sobre esa piedra? —Mayor alumbró el objeto—. Parece un bulto; está lleno de polvo.

—Es un sarcófago; hay numerales y glifos. —Emilio estaba en el centro del cuarto revisando la gran piedra que tenía enfrente.

—Hay una pintura en la piedra clave de la bóveda maya. —Manuel alumbraba la piedra central del techo de la habitación.

Manuel y Emilio, como si se hubieran puesto de acuerdo, tomaron sus cámaras y comenzaron a hacer fotografías de todo el lugar, cientos de fotografías. Mayor sacó la escala y la colocaba junto a cada objeto, así como la pequeña brújula. Era fundamental dejar registro de cómo encontraron el sitio. Tomaron medidas y apuntaron cada detalle en sus libretas de notas, con cuidado de no alterar en lo más mínimo la escena.

Dos horas después, al salir, se encontraron con los estudiantes y arqueólogos, reunidos a la entrada, que esperaban con ansiedad las noticias de ese hallazgo que parecía ser muy importante.

—Por favor, acérquense. —Mayor sonaba tranquilo, pero se notaba la emoción del momento— para que puedan escuchar todos, Emilio les informará.

—Atención, por favor. —La voz de Emilio se alzó sobre el silencio que se hizo de pronto, mientras la gente le miraba con expectación—. Hace un rato uno de los trabajadores abrió un acceso a una habitación de la estructura interior, que resultó estar en perfecto estado de conservación. Es un hallazgo único, pues se trata de una tumba y se encuentra tal y como fue sellada hace varios siglos; todavía conserva las ofrendas, el sarcófago en el centro y las pinturas originales. Este hallazgo solo le compara, me atrevo a decir, con la tumba de Pakal, en Palenque.

—Vamos a organizarnos por parejas, pero no se les permite tocar, fotografiar o alterar nada del interior. —Manuel intentó adoptar un tono tranquilo, aunque él mismo se notaba emocionado—. Marcela y Sandra, como tienen suficiente experiencia en trabajo de campo, permanecerán en el interior y garantizarán que nadie altere el contenido. Los demás, formen una fila para ir entrando. Solo pueden permanecer en la cámara un par de minutos. Luego salen para que los demás estudiantes también dispongan de su turno para visitarla. Chicas, por favor, ayúdennos con esto.

Una fresca brisa se deslizaba entre los árboles y las aves entonaban ya su canto previo a la noche, indicando que se disponían a dormir apenas oscureciera. Manuel seguía en la reunión con Emilio, Sandra, Marcela y Mayor, tratando de ponerse de acuerdo sobre lo que debían hacer con el objeto que habían sacado de la tumba, la extraña caja cubierta de una pasta que se había endurecido con el paso del tiempo.

Emilio y Sandra estaban decididos a abrirlo para ver su contenido, pero él y Marcela opinaban que lo más conveniente era llevarlo tal y como estaba a los laboratorios del Instituto Nacional de Antropología e Historia. Allí lo abrirían y analizarían con todo el rigor científico que el caso ameritaba. Mayor era el único que no había hablado.

Atendió con paciencia los argumentos de cada uno, con la mirada fija en el centro de su mesa de trabajo. Sabía, como todos los presentes, que la decisión que estaban a punto de tomar era de trascendental importancia: tenían en su poder un objeto único, clave para la historia de esa cultura.

La curiosidad también le estrujaba la mente. Su formación profesional le obligaba a hacer lo que los protocolos indicaban, pero el interés científico también era muy fuerte. De pronto, se hizo el silencio, las voces se esfumaron en el tiempo y sólo se oyó el sonido del monte al atardecer. Levantó la mirada y pudo apreciar que los demás observaban fijamente a Mayor, esperando que se pronunciara en algún sentido. Llevaba varios minutos en silencio, observando la extraña pieza. Los demás argumentaban.

—¿Qué? —inquirió Mayor con una sonrisa.

—Que tú tienes la decisión. —Emilio sonó divertido—. No nos hemos puesto de acuerdo, así que haremos lo que tú digas.

—Bueno, yo creo que no somos Indiana Jones, sino científicos. Sabemos hacer nuestro trabajo, tenemos experiencia y reconocimiento académico. Todos los aquí presentes somos autores de muchos artículos y, al menos, de un par de libros de arqueología. —Hablaba pensando cada palabra que debía pronunciar—. Sabemos también qué va a pasar si lo llevamos al instituto: se guardará en las bodegas un par de años antes de que dispongan de recursos y tiempo para estudiarlo, si es que no lo olvidan en un almacén. Yo soy de la opinión de que intentemos abrirlo: si vemos que se puede deteriorar, lo entregamos al instituto y que ellos lo hagan cuando quieran, pero si podemos hacerlo nosotros aquí, adelantamos mucho sobre el conocimiento de este lugar.

Nadie pronunció palabra alguna. Mayor levantó el objeto al tiempo que Sandra sacaba de su bolsillo un pedazo grande de plástico y lo extendía sobre la mesa. Emilio tomó su navaja de trabajo y, con delicadeza, empezó a raspar la sustancia que cubría el objeto. Debajo de una capa fina de la pasta había una pieza de madera. Manuel y Marcela filmaron con sus celulares todo el proceso.

Tras media hora de trabajo cuidadoso sobre el plástico, yacían los restos de la pasta junto con una hermosa caja de madera labrada, decorada con imágenes de dignatarios, glifos y numerales mayas que todavía conservaban sus brillantes colores.

Absortos, sin notar el paso del tiempo, contemplaron el fino trabajo de los artesanos mayas de la época prehispánica. También Manuel tomó su cámara y se puso a sacar fotografías desde distintos ángulos, manipulándola con cuidado, mientras Sandra tomaba medidas y Marcela apuntaba los datos.

Llegó el turno de abrirla y esta vez le tocó a Mayor. Sin más preámbulos, quitó la tapa. Los presentes quedaron sin aliento ni palabras y sin poder reaccionar: lo que tenían delante era un códice maya de cientos de años, en perfecto estado de conservación; como si los escribanos de la época hubieran terminado de pintarlo el día anterior.

Esa noche Manuel no cenó. Al igual que sus compañeros, se olvidó de todo. Se dedicó a fotografiar el códice muchas más veces de las necesarias, a medirlo, a tratar de identificar los muchos personajes que aparecían pintados en él y a intentar reconocer los diferentes grupos de numerales y glifos que mostraban las páginas.

A las tres y media de la madrugada se retiró con los demás, cada quien a su tienda, a descansar.

En el trayecto fue platicando con Marcela, con quien compartía los mismos puntos de vista. Una circunstancia que le hacía sentirse cómodo cuando charlaban.

LOS CUIDADORES DE LA MILPA

Caía la tarde cuando Manuel llegaba a la entrada de la tienda de Emilio; lo hacían al mismo tiempo Mayor y Marcela. Desde el exterior, pudo apreciar que Emilio se encontraba sentado frente al objeto rescatado, mirándolo fijamente. Mayor fue el que habló:

—¿Podemos entrar? Ya es hora de la reunión.

—¡Adelante! No me di cuenta de cómo pasa el tiempo. ¿Están todos?

—Solo falta Sandra. —Mayor entró seguido de Marcela y Manuel—. La vi enfrente, hablando con una persona.

—¿Puedes enviar a alguien a buscarla? —Emilio lanzó a Manuel una mirada inquisitiva.

—¡Oye chaval! —Manuel se había dirigido a un estudiante que pasaba frente a la tienda—, dile a Sandra, por favor, que vamos a iniciar la reunión, que la estamos esperando.

—¡Voy corriendo!

El chico se dirigió hacia el par de personas que platicaban. Se acercó extremando la prudencia y se mantuvo alerta hasta que Sandra levantó la vista y lo miró. Le dirigió un par de palabras que Manuel no alcanzó a oír, tomó del brazo a la persona que estaba con ella y se alejó un par de pasos.

Manuel permaneció en la entrada de la tienda tres minutos más, hasta que vio que ella se encaminaba al lugar de la reunión, caminando despacio, absorta en sus pensamientos, sin prestar atención a lo que ocurría en su derredor.

El día amaneció tranquilo. Desayunaron y cada uno volvió a sus responsabilidades. Manuel vio a Emilio regresar a su tienda y permanecer en ella casi toda la mañana, hasta la hora del k'eyem, que salió a reunirse con su equipo bajo la sombra del viejo yaxché. La mañana se desarrollaba con normalidad. Manuel seguía coordinando y supervisando el trabajo en torno a la estructura que guardaba el códice. Su mente repasaba las imágenes y los glifos que habían visto la noche anterior en las páginas del documento, tratando de encontrar algún patrón a lo escrito.

En eso estaba cuando oyó el estruendo y una nube de polvo envolvió la entrada de la cala que les llevaba a la tumba.

Manuel estaba sentado a la sombra del yaxché, absorto en sus pensamientos. No entendía qué pudo haber pasado. Las dimensiones de la cala no eran tan grandes como para representar un peligro y todo lo habían verificado con mucho cuidado. No había razón para un derrumbe, teniendo en cuenta, además, que estaban reforzando la estructura e iban a sellarla hasta su regreso en la próxima temporada de campo. Había que proteger la tumba.

—¿Qué piensas? —Marcela se había acercado con sigilo y no la había oído llegar.

—No lo entiendo. Trabajábamos con cuidado, extremando precauciones; no hay razón técnica alguna para este accidente. Por suerte, los muchachos están bien, pero lo malo es que perdimos tiempo.

—¿Qué van a hacer mañana? —Su voz sonó muy cerca de su oído.

—Terminar de cerrar la excavación y continuar con lo planeado. Quiero hacer un transecto hacia el norte, unos quinientos metros, a ver si encontramos algunos basamentos.

—¿Ya notaste que la gente está inquieta? —Ella bajó la voz un poco hasta dejarla en un susurro.

—Sí, ya. Dicen que son los aluxo'ob,

—¿Y tú qué piensas?

—No lo creo, pero vamos a ver.

Sintió la mano de ella apoyarse en su hombro al ponerse de pie. La miró alejarse hacia el comedor. Él quiso quedarse un rato más donde estaba, sumido en sus pensamientos.

Fue un día muy intenso. El accidente había perturbado a todos, los trabajadores estaban inquietos y se percibía en el ambiente que algo pasaba junto con el alivio de que no hubieran tenido que lamentar daños personales. Solo el susto y los momentos de tensión.

La cena había transcurrido en un extraño silencio, perturbado en momentos por los intentos de Emilio o de Mayor de romper la tensión, pero no hubo eco; en general, no había ganas de platicar. Incluso los estudiantes, que eran los más bulliciosos, se mantuvieron en silencio.

La noche estaba tranquila, el canto de los grillos acariciaba el oído y proporcionaba paz al espíritu. El cielo despejado y la luz de la luna permitían ver las formas de las estructuras y los árboles, e impregnaban el aire de sutiles notas de tranquilidad. Manuel caminaba sin rumbo fijo y pensaba en los comentarios de los trabajadores. Cuando reaccionó, estaba frente al cenote. Se detuvo a contemplar el reflejo de la luna en el agua, una imagen mágica. Con cuidado, se acercó a la orilla, frente a la caída de más de tres metros y, casi sin darse cuenta, se sentó en una piedra cerca del borde. No podía dejar de pensar en lo que había oído decir a los trabajadores, la razón de su inquietud.

Recordó otra plática como si hubiese tenido lugar en la mañana.

Tenía seis años y su padre lo había llevado al campo a trazar una nueva milpa. Escuchaba su voz: «Manuel, hijo, el monte es sagrado, la tierra es sagrada. Todo lo que somos se lo debemos a la tierra, que nos da lo que necesitamos. El agua la tomamos de los cenotes, la comida la cultivamos en las milpas. La tierra nos cuida, es nuestra madre y debemos respetarla.

Recuerda siempre que no somos sus dueños, sino parte de ella. Cuando vamos a tomar algo que nace de sus entrañas, hay que pedir permiso a los dueños del monte. Los cuidadores de la milpa son los aluxo'ob, y no son malos, pero sí traviesos, sobre todo, si no los respetas. Ellos cuidan tu milpa y corretean a los intrusos. Solo tienes que solicitar su conformidad antes de empezar a trabajarla y encargarles que la cuiden. Es el trabajo del X'men darles las ofrendas, hablar con ellos».

Y oía su voz preguntándole a su padre:

«—¿Quién es él?

—El X'men es el sacerdote maya, mijo, el que conoce a los chaco'ob, a los aluxo'ob, a YumKin, y les habla de nosotros».

Sumido en sus pensamientos no oyó que se acercaba alguien.

—Hermoso lugar. Pensé que no había nadie. —Marcela, de pie junto a él y tan sigilosa como siempre, contemplaba el agua.

—No te oí acercarte. Eres… como un felino. —Levantó la mirada. Su rostro matizado por las sombras y los rayos de luz lunar se dibujó en la penumbra.

—Hace un par de minutos que te observo. Me pareció que estabas muy lejos de aquí. —Se sentó a su lado, en la misma piedra, dejando que su cuerpo rozara el de él.

—Estaba pensando. Este lugar es muy agradable para pensar. —Hablaba más bien para sí mismo. —Es bueno escuchar a la naturaleza. Es sabia.

—¿Qué opinas de lo que dicen los trabajadores? —Ella lo miró a la cara como si pudieran transparentarse sus reflexiones—. ¿Has visto un alux?

—Cuando era niño, una vez fui con mi hermano a una milpa y nos metimos a robar mazorcas. —Se sonrió—. Apenas tomamos una, nos tiraron piedras. —Su voz sonaba tranquila, como acariciando el recuerdo—. Por más que buscamos, no encontramos quién había sido, pero a pedradas nos corrieron de allá. Asustados, regresamos a casa. Papá nos regañó y nos dijo que eran los aluxo'ob que estaban cuidando esa milpa y que debíamos respetar lo ajeno.

—Entonces tú crees que existen… —Lo miraba sin asomo de burla—. Recuerdo que en Chichén Itzá, cuando armaron el espectáculo de Luz y Sonido, no podían inaugurarlo porque fallaban los equipos; por más que los técnicos revisaban, todo estaba bien, pero a la hora de probarlos fallaban de nuevo. Alguien sugirió que eran los aluxo'ob y que había que hacer una ceremonia para pedirles permiso. El director de la zona mandó a buscar un X'men y, después de la ceremonia, todo funcionó sin más problemas.

—¿Y tú qué opinas? —Él sonrió de nuevo y le devolvió la pregunta.

—No lo sé. He visto cosas que no tienen explicación, pero no he tomado decisión sobre si creer o no. Respeto mucho a quienes creen, aunque en lo personal se me hace difícil pensar que hay fantasmas, aluxo'ob o algo así. —Hablaba mirando el agua, despacio, disfrutando el momento—. Diría más bien que tiendo a no creer. Espero que, como castigo, no me vaya a molestar uno de ellos cuando esté durmiendo.

—Sería un íncubo. Aprovecha el momento y tómalo como un premio —bromeó él.

Eso sería bueno. —Ella le siguió la broma y luego cambió de tema—. ¿Cómo te sientes? Estabas muy estresado.

Manuel guardó silencio unos minutos con los ojos fijos en el agua, tratando de mantener su mente en la conversación, pero su cercanía lo perturbaba un poco y no podía entender por qué se sentía así. Siempre le había sido fácil manejar su estado de ánimo.

—Estoy bien. Todos nos estresamos con eso, pero te agradezco la atención. —La sentía muy cerca, interesada en él de forma genuina. Se sintió cómodo y relajado.

—Todos nos preocupamos mucho, pero tuvimos la gran suerte de que no pasara nada grave. —Apoyó su mano en la roca y se puso de pie—. Vamos a descansar; ya casi es medianoche.

—Vamos —. Él la miró de abajo arriba: sus piernas, sus muslos, el pequeño short que llevaba puesto, su vientre, el top que apenas lograba contener sus senos, y la sonrisa escoltando sus ojos inquietos. Se sintió incómodo porque el momento tuviera que terminar.

—Mañana hay que empezar de nuevo en la cala y es mucho trabajo el que nos queda. Tendré que retrasar el transecto para dedicarme al derrumbe —dijo.

En el campamento se despidieron. Manuel vio cómo entraba en su tienda. Nunca había notado hasta entonces lo guapa que era y lo bien que se sentía con ella. Desechó los pensamientos y se metió a su tienda. Necesitaba dormir.

UNA NOTICIA INESPERADA

Eran las nueve y treinta de la mañana del sábado cuando la camioneta del campamento, como cada semana, se detuvo frente a la lavandería. Dentro, Nahia platicaba con Sandra y Marcela y el chofer esperaba pacientemente.

—Bueno, chicas, decidíos; necesito ir al mercado a comprar algunas cosas —Nahia sonaba un poco impaciente.

—Si queréis, yo me ocupo de la lavandería, no hay problema. En el campamento me dan el importe. —Sandra miró a Nahia al tomar los bultos de la ropa sucia y le pareció que un velo cubría su rostro de gacela—. Chofer, ayúdame a bajarlos, por favor.

—¿Estás segura? —Marcela se removió en su asiento, sin soltar todavía la ropa sucia—. No es necesario que te molestes.

—¡Que no, tía, que no es molestia! —Sandra ya descendía de la camioneta y el chófer se asomaba a echarle una mano.

—Nos vemos por la tarde. —Nahia sonó desganada—. ¿Vas a querer algo del centro?

—Nada, todo está bien. Iros ya de una vez.

Minutos después, la camioneta avanzaba llevando a Nahia y Marcela al centro, donde se dedicaron a comprar algunas frutas y golosinas en el mercado, hacer llamadas telefónicas, tomar café y pasear por el pueblo.

A las cuatro de la tarde, Sandra les envió un mensaje. Quería saber dónde estaban y pedirles que la fueran a buscar para volver al campamento.

Dos horas después Nahia, doblaba su ropa limpia en la tienda de campaña cuando oyó la voz de Marcela:

—¿Puedo entrar?

—Pasa, no hay problema. ¿Y esta visita…? —preguntó arqueando las cejas.

—Te traje tus chocolates. Se quedaron en la bolsa de las cosas que trajimos del mercado. —Marcela tenía en la mano una bolsa de plástico.

—Gracias, los había olvidado. —Nahia seguía mirando la ropa y sostenía unas prendas en las manos.

—¿Qué te pasa? Parece que perdiste algo.

—Me falta un tanga, no lo encuentro. Juraría que lo llevé a lavar.

—A lo mejor le gustó a Sandra y se la quedó. —Marcela puso una sonrisa pícara. Encontraba curioso que la misma prenda en España tuviera género masculino, y en México, femenino, cuando era claro que se trataba de una prenda femenina. ¡Qué cosas tenía el lenguaje!

—¡Qué asco! ¡Eso no se hace! —Nahia soltó una carcajada—. Además, no le va a quedar: tiene más culo que yo.

—Eso es cierto. Bueno, chica, toma tus chocolates —dijo Marcela relamiéndose los labios— o me los como, que son una tentación.

—Quédate con unos cuantos. —Nahia agarró la bolsa de las manos de su compañera, la abrió y le ofreció—. Son demasiados para mí. Sé que no tendría que comer tanto chocolate.

—Te lo agradezco, pero tampoco debo comerlo yo. —Marcela se aproximó en un gesto de confidencialidad y gentileza—. Nahia, ¿estás bien? Te veo rara.

—Estoy bien. ¿Por qué lo preguntas? —Miró los chocolates, como buscando algo que sabía que no encontraría ahí.

—Te noto más callada que de costumbre, como distraída.

—No sé por qué. —Sentía la mirada de Marcela clavada en ella—. Estoy… tal vez un poco cansada por tanto trabajo. Es mi primera salida de campo tan formal y tan intensa, además de las emociones, ya sabes; no te encuentras algo así todos los días, pero estoy bien.

—De acuerdo. Te dejo, nos vemos a la hora de la cena.

—Claro —dijo. Y añadió sosteniendo la bolsa—: Gracias por traerlos. Voy a terminar de guardar todo esto y a leer un rato.

Marcela salió de la tienda dejando a Nahia sumida en pensamientos que no había querido compartir. La vida que llevaba en su vientre no era una gripe y no sabía qué hacer todavía.

Ya hacía rato que el campamento dormía y que solo se oía el sonido de la noche en el monte, los grillos, el viento al deslizarse entre las hojas de los árboles, alguna lechuza de vez en cuando y el motor del generador que se apagaba a la medianoche. Los que quisieran seguir despiertos tendrían que encender sus lámparas de queroseno o de alcohol.

Emilio, que ya había descifrado algunas fechas, se encontraba absorto revisando las fotografías del códice en su computadora, sin dejar de preguntarse qué significaban los glifos y las imágenes. Escuchar música instrumental lo ayudaba a concentrarse y los audífonos no le permitieron notar que se había abierto la entrada de la tienda. Solo un minuto después sintió una presencia.

—¡Ah, eres tú! ¿Qué es eso tan importante que tienes qué decirme y que no puede esperar hasta mañana? —dijo con sorna.

—Llevo esperando desde hace varios días para decírtelo. Es hora de que lo sepas. —Nahia estaba de pie junto a él, estrujándose las manos, parpadeando con frecuencia y volteando hacia todos lados a cada momento.

—Vale, dime, pero no te dilates mucho, que estoy avanzando en el análisis del códice.

—Tengo un retraso —soltó ella de un tirón.

—¿Qué significa eso? —Emilio no parecía darle importancia a lo que acababa de escuchar.

—Emilio, estoy embarazada —dijo Nahia enfatizando las palabras, ocupándose de pronunciarlas lentamente para que no hubiera duda de su significado.

—¿Qué quieres decir? —Su voz era fría como la lluvia en el monte en un día gris.

—¿¡Que qué quiero decir!? ¡Voy a tener un hijo tuyo! —gritó impaciente.

—¿Cómo puedes estar segura de que es mío? —Su mirada regresó a la pantalla de la laptop.

—¡Por favor…! —Su voz subía de tono por momentos—. Sabes de sobra que era virgen cuando empecé a salir contigo. Y no he estado con nadie más.

—Eso fue hace un año. En ese tiempo aprendiste muchas cosas. ¡Yo qué sé con quién más te has acostado! —Sonaba cada vez más frío y distante.

—¡No he estado con nadie más, joder, y sé que te consta! ¡Cómo puedes ser así! —Los ojos se le habían anegado y las lágrimas rodaban ya por sus mejillas—. Un hijo tuyo, tu-yo —dijo resaltando las sílabas—. Tantas cosas como me dijiste… Y yo te creí. Qué imbécil soy.

—Y ahora te digo que hagas lo que hacen todas: aborta y continúa tu vida. —Lo dijo con tal indiferencia que parecía un extraño hablando del clima.

—Sabes que no puedo. Soy católica practicante. Mis padres me… —Se llevó la mano a la frente—. Perderé mi carrera. Prefiero morir.

—¡Haz el favor de dejarme solo! —Se puso de pie de forma tan intempestiva que ella dio un brinco del susto—. No quiero que vuelvas a tocarme el tema; es más, no quiero volver a hablar contigo. Es tu problema, resuélvelo como te parezca.

Ella, en un arranque de dignidad, se dio la vuelta y salió de la tienda.

Él vio que se detenía para limpiarse las lágrimas y que Sandra se le acercaba por la espalda, la tomaba por los hombros y la abrazaba. No alcanzó a oír qué le decía, pero siguió mirando con atención. Nahia se separó sin pronunciar palabra y se dirigió a su tienda. Sandra se retiró a la suya.

Momentos después, su móvil le indicaba que acababa de recibir un mensaje: «No entiendo que el padre de mi hijo sea tan cabrón. Te creí. Te ofrecí mi virginidad y mi fe en ti y ahora me sueltas como si fuera un objeto. Tus promesas de amor, y ahora…, esto. El hijo que estás dejando sin padre no merece un trato así».

Fue un domingo sosegado y con buen clima. Pasaron casi todo el día en el pueblo: compraron en el mercado, comieron en un pequeño restaurante de comida regional, tomaron un par de cervezas. Por la tarde, regresaron al campamento. Durante ese día, Manuel casi logró olvidar los acontecimientos de la semana anterior, disfrutó la compañía de sus colegas, la charla con sus alumnos, la comida y la tranquilidad del poblado.

Al caer la noche, después de cenar, se trasladaron al campamento. Hora de descansar y de prepararse para las labores del día siguiente.

A las nueve, Manuel reposaba en su tienda, sobre su saco de dormir, leyendo The Blood of Kings, de Schele, una vez más. Estaba tan absorto, que dio un salto cuando sonó la explosión. De pronto, todo quedó a oscuras. Se levantó y salió disparado. Los demás también se asomaban y algunos se reunían frente al campamento aprovechando la luz de la luna. Un par de trabajadores se acercaban ya con lámparas y también lo hacían Mayor y Emilio.

—¿Qué pasó? —preguntó a los trabajadores que venían del comedor.

—Explotó el generador. Estábamos en el comedor, fuimos a tomar un poco de agua y vimos la explosión. No fue muy fuerte. Creo que es la electricidad; si hubiera sido el diésel, se habría quemado todo.

—Vamos a ver, ¿dónde está el Chato? Él sabe de electricidad. —Paseó su mirada alrededor y, aunque apenas distinguía los rostros de las personas, sabía quién era cada uno.

—Aquí estoy, inge. —El aludido siempre le decía así. Por más que hiciera, no podía sacarle de la cabeza que no era ingeniero, así que ya se había acostumbrado.

—Checa, anda, mira a ver si puedes hacer algo. Es demasiado temprano para quedarnos sin luz —intervino Emilio.

Mientras el Chato corría con un compañero hacia el lugar de la explosión, los demás volvieron a sus tiendas. Manuel se sentó en la raíz del yaxché y, a su lado, lo hizo Marcela. También se incorporó Sandra y luego Nahia. Mayor y Emilio intercambiaron algunas palabras aguardando al Chato a la luz de la luna.

—¿Podrá repararlo? —preguntó Sandra sin dirigirse a nadie en especial.

—Tal vez —contestó Manuel en el mismo tono—. Si algo se puede hacer ahora, el Chato lo hará.

Al cabo de media hora el Chato regresó con su compañero.

—No puedo hacer nada. No tengo idea de qué le pasó. Mañana lo llevaré a reparar y traeré otro que lo sustituya, pero saldré muy temprano y regresaré después de la hora de la comida —le informaba a Manuel, aunque todos estaban atentos a lo que decía—. Tendremos uno funcionando en la noche, pero la reparación y el alquiler del repuesto nos costará algo de lana, inge.

—No te preocupes, no es culpa de nadie —dijo Emilio mirando a Manuel, como si la decisión fuera cosa suya—. Que te acompañe Nahia para que se haga cargo de los gastos.

La aludida, que se encontraba sentada detrás de Emilio, respondió de inmediato:

—Después del desayuno salimos. Diles a algunos que te ayuden temprano a subir el generador a la camioneta.

—Ta' bien. En el taller los muchachos lo bajarán de ahí.

Sin decir más, el Chato se dirigió a su hamaca, con los pocos trabajadores que se encontraban allí. Los demás, que vivían en Xul, llegaban a las siete de la mañana del lunes para incorporarse al trabajo.

Manuel miró a Marcela. Se la veía tranquila, acuclillada cerca de él, pendiente de lo que se decía. En un momento dado, ella volteó la cara hacia él y sus miradas se cruzaron a pesar de la oscuridad reinante. Él sintió su cercanía, pero no se movió.

Poco después, al retirarse a su tienda, solo podía pensar en si no sería otra broma de los aluxo'ob. Tal vez, los trabajadores tenían razón.

Llegó la hora de reiniciar las labores después del k'eyem y los trabajadores se pusieron de pie, pero en lugar de dirigirse a sus respectivas áreas de trabajo se congregaron frente al campamento, a la sombra de la gran plataforma, sin moverse, sin decir una palabra, como soldados de barro. Manuel observó con curiosidad lo que estaba pasando, mientras los demás miraban alternativamente a Emilio y a los trabajadores.

—¿Qué hay? ¿Por qué no van a trabajar? —preguntó Emilio acercándose a la plataforma.

Nadie respondió. Le pidió a Manuel que averiguara qué estaba pasando y así lo hizo: se acercó al que estaba al centro, que parecía liderar al grupo, y hablaron en maya unos minutos.

—No quieren seguir trabajando. Dicen que los aluxo'ob están molestos desde que entramos a la tumba, que por eso están sucediendo los accidentes y se pierden las cosas. Los trabajadores están inquietos. —Manuel miraba fijamente a Emilio mientras pronunciaba las palabras con mucha calma.

—¡No puede ser! ¿En verdad todavía creen en esas cosas? Pensé que ya nadie… ¡Panda de cretinos!

—No te burles —dijo Manuel y sonó muy frío—. Yo he visto cosas que no puedes explicar. Si quieres tener trabajadores, debes tomarlo muy en serio.

—Pero no entiendo qué es lo que quieren.

—Es necesario hacer una ceremonia con un X'men para pedir permiso a los aluxo'ob. Solo así dejarán de molestarnos y podremos trabajar. Te parecerá increíble, pero aseguran que en las noches no los dejan dormir y que les esconden sus herramientas. Creen también que fueron los aluxo'ob quienes causaron que el generador se quemara, así como el accidente en el muul. Son los guardianes del monte y de las ciudades sagradas de los antiguos. Están molestos porque irrumpimos en su hogar.

—¿Qué opinas, Mayor? ¿Habías visto algo así?

—Lo cierto es que sí, que ya he pasado por esto antes. —Mayor encogió los hombros e hizo una mueca que quiso parecer una sonrisa—. No lograrás nada. Hay qué hacerlo y cuanto antes, si no quieres perder toda la semana.

—¿Y qué…? ¿Quién hace la ceremonia?

—Hay un X'men en Xul. Lo conocen algunos de los trabajadores. Podemos mandar uno de ellos a buscarlo, celebrar la ceremonia mañana y aprovechar el resto de la semana. —Manuel miró a Emilio en espera de su aprobación.

—Muy bien, que vayan a buscarlo. Espero que no cobre mucho. Diles que preparen todo y que no se preocupen. Al fin y al cabo, nunca he visto algo así y espero tomar buenas fotografías.

El día siguiente amaneció con lluvia que duró hasta bien entrada la tarde, a pesar que era época de secas, así que la ceremonia tuvo que esperar hasta el miércoles. Todo el equipo se centró en el trabajo de gabinete, cada uno en su tienda de campaña, mientras los trabajadores limpiaban y arreglaban sus herramientas y se dedicaban a descansar y aguardar que mejorara el clima.

Eran las diez de la mañana del día de la ceremonia cuando Manuel interrumpió su trabajo como venía siendo habitual, pero en lugar de sentarse a la sombra del yaxché a tomar su k'eyem se dirigió con los trabajadores al monte, a cortar varas de madera de unos tres o cuatro centímetros de diámetro por dos metros de largo que luego ajustarían al tamaño necesario. En la entrada de la cala del muul —la que había permitido que encontraran el códice— construirían un altar atado con fibras vegetales y sin usar nada de metal.

Los arqueólogos y estudiantes se mantenían a una distancia respetuosa, atentos a lo que hacían los hombres de campo. Manuel, sin embargo, estaba trabajando con ellos como uno más, sintiendo correr en las venas la sangre maya y recordando su infancia, cuando su padre lo llevaba a la milpa. Ahí lo vio trazar las brechas que delimitaban el terreno; ahí lo vio tumbar la vegetación para quemarla cuando estuviera seca y así preparar el área de cultivo; ahí aprendió a respetar a los dueños del monte, los aluxo'ob, y aprendió el poder del X'men. Sentía el vínculo con su gente, los comprendía, era uno de ellos. Sin embargo, había decidido seguir otro camino, insertarse en otra cultura, con otra gente. Su padre, un campesino maya, nunca entendió las razones de su hijo.

Al mediodía, el altar estaba terminado, el viento se mantenía calmo y el sol calentaba la piedra como si fuera un comal. Fue el momento en que, desde el campamento, donde llevaba un buen rato preparándose mentalmente para la ceremonia, hizo su aparición el X'men. Manuel lo vio caminar vestido con un pantalón y camisa de un blanco inmaculado, un cinturón de tela roja, un collar de jade y pulseras con ámbar y turquesa, enmarcando las arrugas de su piel y las abundantes canas de su largo cabello; sus ojos negros fijos en algún punto más allá de lo que podían ver los simples mortales.

Lo observó acercarse al altar y disponer las ofrendas en jícaras: agua virgen, zacol, maíz, miel, sal; y las cuatro cruces de madera, una para cada punto cardinal: blanca para xamán, roja para laakín, amarilla para nojol y negra para chikin.

Acompañó a los demás a reunirse en torno al altar, donde europeos y americanos, mayas y no mayas, mostraron respeto por lo que estaba sucediendo. El silencio pesaba en el espíritu cuando sonaron los caracoles, siete veces para laakín, siete para xamán, otras siete para nojol y siete para chikín. Era el modo de abrir el portal que permitía la llegada de los dueños, los aluxo'ob.

Una ráfaga de viento hizo estremecer a los presentes en tanto que el anciano X'men recitaba en actitud humilde y devocional su petición de permiso para trabajar, deslizando como agua de un manantial liviano las palabras en maya, como mil años antes lo hicieran sus ancestros. Presentó a cada uno de los arqueólogos: los extranjeros primero, los locales después, los estudiantes y los trabajadores de la región, haciendo una pequeña reverencia con cada uno de ellos frente al altar.

Cerró el portal con siete toques de caracol por cada punto cardinal. Circuló una jícara de balché, de la que todos dieron un sorbo, y, para finalizar, las cocineras llevaron las raciones de relleno negro, servidas en jícaras, con tortillas hechas a mano y una cerveza a cada uno. Ese día no se trabajaría más.

NO ESTÁ EN SU TIENDA

Eran las seis de la mañana y en el campamento estaban terminando de desayunar antes de reanudar sus labores, que comenzaban a las seis y media. El rumor de las conversaciones se deslizaba entre las mesas. Los platos ya no tenían rastros de los huevos revueltos con frijol frito y tortillas hechas a mano, acompañados de salsa de chile habanero y agua de horchata.

Marcela estaba a punto de levantarse cuando oyó la voz de Mayor:

—¿Alguien sabe por qué no se ha levantado Emilio? Ya se le hizo muy tarde.

—Estuvo trabajando toda la noche —contestó Nahia—. Vi su luz encendida cuando me levanté y me parece que se durmió sin apagarla porque todavía sigue así.

—Está obsesionado con el códice —dijo Sandra sin levantar la vista de su plato vacío—. Todas las noches trabaja en él. Dice que quiere avanzar tanto como pueda.

—Pues que siga durmiendo, no lo despierten —indicó Mayor—. Su ausencia no afecta al trabajo.

Marcela los miraba a medida que iban levantándose para asearse la boca, agarrar sus instrumentos y dirigirse a sus respectivas áreas de responsabilidad: Sandra, al área de cerámica y tepalcates, que había mucho que clasificar y registrar, más lo que fuera surgiendo; Mayor, a seguir con la fotografía y dibujo de las evidencias de escritura e imágenes en estelas y muros; ella continuaría con el trabajo topográfico con el fin de ubicar todas las estructuras y muestras físicas y dejarlas localizadas en el plano, y registrar también los chultunes y metates dispersos por el área. Por su parte, Manuel debía ocuparse del nuevo transecto de prospección que se iniciaba ese mismo día. Mayor le pidió a Nahia que trabajara con él en el levantamiento topográfico.

La mañana del 29 de marzo era húmeda pero agradable, aunque Marcela no le prestaba demasiada atención al clima. No había dormido bien y se encontraba cansada. Salir del comedor la alivió. Sus compañeros en el desayuno estuvieron muy platicadores, como siempre, pero ella no tenía ganas de charlar, sino de hacer algo fuera de la rutina, que les permitiera relajarse un poco.

Entrar a la ceramoteca del campamento la confortó. Casi nunca se asomaba por ahí, pero le gustaba el ambiente que se respiraba, cada uno afanado en lo suyo; incluso el estudiante que ayudaba a Sandra era callado, silencioso, y no se notaba su presencia.

Quería proponerle a Sandra hacer algo que no fuera lo de todos los días; total, ella podía dejar al chico haciendo una labor que no era difícil: consistía en lavar y secar la cerámica, cometido del estudiante, y después ella la marcaba de acuerdo con el contexto de control que se decidió para la expedición, según procediese de pozo, cala o lo que fuera.

Después de marcar la cerámica, la guardaban en bolsas con su etiqueta respectiva, en la que indicaban su origen. Con ese proceso daban inicio al análisis cerámico, del que se ocupaban los técnicos especialistas en el laboratorio mediante el sistema tipo-variedad que se utilizaba para el área maya. Esto se sumaba a los criterios básicos de los diferentes tiestos y pedazos de cerámica de acuerdo con sus características físicas, su color, decoración, y sus formas —cajete, plato, vaso, jarra, olla— a tenor de sus elementos diagnósticos: bordes, asas, cuerpos, bases y fondos.

Saludó con un hola. Sandra estaba entretenida con sus piezas de cerámica.

—¡Sandra, regresa!

—¿Eh? Lo siento. No me daba cuenta de que estabas aquí.

—Ya lo vi. Hace más de un minuto que te miro, aquí parada. —A Marcela le divertía su distracción.

—Dime, ¿pasa algo? Pocas veces me visitas en este sitio.

—Son las nueve de la mañana. Hace un día estupendo y el trabajo está avanzando bien; los chicos son muy profesionales. ¿Qué te parece si visitamos el cenote? Sé que está cerca, pero no lo conozco todavía.

—¡Qué buena idea! No nos caería mal tomarnos un rato. ¿Le decimos a Nahia que se venga?

—¡Excelente! Será un día de chicas.

Salieron después del k'eyem, alegres, platicando acerca del lugar. Marcela conocía uno de los dos cenotes, incluso había llevado a Sandra a verlo el día que llegaron, por lo que tomaron rumbo al otro, el más lejano, ubicado al sureste, a doscientos metros de la plataforma dos. Ninguna de las tres lo conocía. La vegetación era espesa y acertaron llevando sus machetes. Caminaban dando un machetazo aquí, otro ahí, dejando libre una brecha para pasar con comodidad.

Cuando estuvieron delante de él la expresión de Nahia al contemplar el brillo del agua cristalina con los rayos de sol reflejados en ella no se hizo esperar: era una mezcla de sorpresa y admiración. Algunos x'kauo'ob revoloteaban sobre el cenote y una yuya le hacía coro desde una rama a un chi ka cuando, de pronto, salió un majestuoso pájaro tho de entre los árboles que voló directo al centro del espejo, hizo una pasada con media vuelta y regresó a la espesura. Por un momento, olvidó todos sus pendientes y se dejó llevar por la belleza salvaje del lugar, perdiéndose en el disfrute de las sensaciones, hasta que la voz de Sandra la sacó de su embeleso:

—Vamos a sentarnos un rato en la orilla.

—Claro. —Marcela avanzó hacia el borde de roca, detrás de Sandra, que seguía a Nahia.

Se sentaron en la roca, se quitaron las botas y remojaron los pies, mientras se deleitaban con la obra de la naturaleza.

—¡Vamos a nadar un poco! —Sandra se levantó, se quitó la ropa y se metió al agua con un clavado perfectamente ejecutado—. ¡Animaos, chicas! El agua está divina!

—¡Ten cuidado! —Marcela se levantó y empezó a desnudarse—. Los cenotes son profundos y tienen corrientes muy fuertes. No hay que descuidarse.

Nahia siguió su ejemplo y un minuto después las tres nadaban desnudas en las aguas de un pozo escondido en la selva maya. Nadaron y retozaron durante una hora y luego salieron, se sentaron a la sombra de un chacá para secarse y no mojar mucho la ropa.

—Qué belleza. ¿Son así todos estos sitios? —Nahia sonrió sacudiéndose el cabello.

—Todos son tan hermosos como distintos. —Marcela miró a sus dos colegas con un brillo en los ojos—. Los hay en cuevas, en pozos, de distintos tipos. Cuando regresemos a Mérida podemos ir a comer a Valladolid. Hay un restaurante en pleno cenote y es una experiencia única. Si se quedan unos días más después de la temporada de campo, las llevaré a varios sitios muy lindos y poco conocidos —dijo contemplando el agua cristalina con ganas—. Hay muchos cenotes donde nadar en Yucatán e incluso se puede bucear en algunos de ellos, pero se necesita mucha experiencia y la presencia de un buzo certificado en ese tipo de buceo. Es muy peligroso.

—Al menos los domingos podemos aprovechar para visitar algunos que estén cerca —dijo Sandra—. Nahia no conoce la ruta Puuc, ¿sabes? Es primera vez que viene a México. Podríamos organizar una excursión para el próximo domingo. ¿Qué os parece?

—¡Sí, por favor! —La voz de Nahia sonaba entusiasmada.

—No digan más, es un hecho. —Marcela sonó decidida—. Les diré a los muchachos por si alguno quiere acompañarnos.

—Me parece muy bien, sobre todo, a Manuel. —Sandra miró a Marcela con picardía—. Parece que sabe mucho sobre las tradiciones y leyendas mayas.

—Su familia es maya —añadió Marcela ignorando deliberadamente la mirada de Sandra.

Nahia tomó su cámara y se puso a fotografiar el lugar. Sandra y Marcela se incorporaron de inmediato.

—¡Hey! Apunta la cámara para otro lado, que no quiero ser la chica play boy del mes.

Se vistieron sin prisa, tomaron más fotografías del lugar y de ellas mismas, y emprendieron el camino de regreso al campamento.

Vio a Sandra y Nahia dirigirse a sus tiendas desde la entrada de la suya. Pensaba en lo bien que lo habían pasado, pero no dejaba de tener una sensación de inquietud, como si sus compañeras no estuvieran del todo bien. Como si ocultaran algo.

Al término de la jornada, sobre las tres de la tarde, se reunieron de nuevo en el comedor y comentaron los avances del día. El olor de la sala impregnaba el aire y ponía los jugos gástricos a punto: buenos trozos de carne de res asados a la leña, frijoles, salsa de tomate, cebollas curtidas con vinagre, tortillas hechas a mano y refrescos de lima. Puros manjares cuyo sabor era más intenso en aquel marco. Al final de la comida, Manuel volvió a interesarse por Emilio señalando la tienda:

—¿Todavía no se ha despertado? ¿No estará enfermo?

—Ve a despertarlo, porque se va a quedar sin comer —dijo Mayor asintiendo.

—¿Por qué no lo dejamos dormir? —Marcela se encogió de hombros—. Tal vez solo está cansado por la desvelada.

—Pero ya durmió más de nueve horas, debe comer algo —Mayor tomó una tortilla— y luego que siga durmiendo si quiere. Manuel, por favor, ve a verlo.

Manuel, sin abrir la boca, se levantó de la mesa, se dirigió a la tienda, entró y salió casi de inmediato.

—¡No hay nadie aquí! —gritó.

—Debe estar en el baño o revisando los alrededores. Ya vendrá a buscar algo para comer —contestó Mayor poniéndose en pie.

Eran las diez y media de la noche. Marcela no podía dormir e hizo lo que acostumbraba cuando no lograba conciliar el sueño: se levantó y salió de la tienda a caminar.

Deambuló por la zona arqueológica despacio, disfrutando el lugar. Le gustaba mucho su trabajo, y más, en momentos de comunión con la naturaleza. La fuerza de la vida del monte, la paz del lugar, la energía que se había impregnado en las piedras que la rodeaban; ella, sumergida en el presente.

Caminó sin rumbo y, al poco, se vio en la entrada de la cala donde había tenido lugar el derrumbe. Una figura femenina sentada en una piedra se recortaba a la luz de la luna. Estaba inclinada sobre su pecho y tenía la cara entre las manos. Se acercó y la oyó suspirar. No parecía haberse percatado de su presencia. Entonces la identificó.

—¡Nahia! ¿Estás bien? —La abrazó por los hombros con suma delicadeza.

Nahia alzó la cara y miró a su compañera. La luna iluminó su faz llena de lágrimas y un rictus de tristeza dibujado en su boca

—No sé qué hacer. Estoy desesperada.

—¿Qué tienes? —Se sentó junto a ella y la arropó con sus brazos—. Llora, suéltalo, no estás sola.

Se acomodó en sus brazos y los suspiros se intensificaron. La apretó un poco más y le acarició el cabello.

Estuvieron un tiempo así: Nahia lloraba muy quedo y ella la consolaba con su abrazo. Los rasgos de Nahia hablaban de una mujer joven, muy joven, pero también de una gran determinación que ahora se tambaleaba. Se frotó los ojos y la miró. Tenía el rostro más relajado.

—Gracias, me siento un poco mejor. —Y esbozó una sonrisa triste.

—Cuéntame, ¿qué te pasa? No es bueno que lo guardes para ti sola.

—Estoy embarazada —la chica miró al suelo— y él pasa de todo. No quiere saber nada de bebés. Mis padres… Uf. No quiero ni pensarlo. Mi madre se muere, te lo juro. Menudo marrón. No sé qué hacer.

—¿Por qué no abortas? —Le acarició nuevamente el cabello en un gesto reconfortante—. Hay muy buenos médicos que no cobran caro. Puede ser aquí, en México, o al regresar a España. Yo te recomiendo que lo hagas aquí y antes de que pase mucho tiempo. ¿Cuántos meses tienes? Además, si lo haces aquí nadie de Madrid tiene por qué saberlo.

—¡No puedo! —El énfasis de su voz le llamó la atención.— Soy católica practicante. Toda mi vida he estado contra el aborto. Quiero tener al bebé…, pero tampoco puedo yo sola.

—¿Tu familia no te apoyará?

—No lo harán. Son muy católicos también. Tendré que abandonar la carrera y empezar a trabajar. Y no quiero dejar la universidad.

—Hay otra posibilidad: darlo en adopción.

—¡Siempre lo perderé! —Su voz sonó rota, como un gemido—. Estoy desesperada. No soporto esto.

—Tranquila —dijo con dulzura—. Entre las dos buscaremos una buena solución para ti. No estás sola, yo te ayudaré.

—Gracias. Eres muy buena conmigo.

La miró dedicándole una sonrisa y guardó silencio. La brisa nocturna invitaba a quedarse hasta que amaneciera, pero si querían estar listas al día siguiente, les convenía retirarse. Apenas quedaban unas pocas horas para que amaneciera.

—Ahora vamos a dormir que ya es tarde. Hoy nos tomamos el día, pero dentro de nada nos tocará madrugar.

La vio alejarse y se volvió pensando que todos tenían sus problemas, y cada quién pensaba que el suyo era el más importante. A punto de entrar en su tienda, le llamó la atención otra figura femenina que deambulaba por ahí. Esperó hasta que estuvo cerca para hablarle.

—¡Sandra! ¿Todo está bien? No hay sueño, ¿eh?

—Ya. Es una noche muy agradable. Es como si me diera pena perdérmela…

—Si puedo hacer algo por ti, solo tienes que decirlo, ya sabes. A veces, una lo platica y parece que pierde peso.

—Estoy pensando en mi madre que está enferma, pero no podemos hacer nada. Estamos esperando que la operen.

—Oh, entiendo. Cuenta conmigo para lo que haga falta. —Y discretamente evitó incomodar a su colega—. Espero que se mejore. Buenas noches.

—Buenas noches, Marcela.

Al entrar a su tienda no pudo evitar pensar que la enfermedad de la mamá de Sandra debía ser más grave de lo que ella quiso reconocer.

Pasó una noche corta pero tranquila. Al despertar se extrañó de estar descansada, contenta; apenas había dormido cuatro horas. Recordó el baño en cenote; no era la primera vez, pero la sensación siempre era la misma: libertad, tranquilidad, felicidad. Revivir esos momentos la llenó de energía para afrontar el nuevo día.

Salió de la tienda y lo primero que vio fue a Mayor y Manuel dirigirse a la tienda de Emilio. Iban deprisa. Manuel vestía pantalones cortos y no llevaba camisa; pintaba que lo habían levantado a las bravas. Mayor lucía su pantalón de faena y una camiseta de manga corta con el dibujo de la panza del revés. También se había levantado de un salto.

—Manuel…, ¿pasa algo?

—Emilio no durmió en su tienda —le contestó sin mirarla siquiera— y nadie lo ha visto desde antier.

Marcela se unió a los dos arqueólogos. Llegaron al mismo tiempo y en la entrada se detuvieron. Mayor se asomó al interior y comprobó que la tienda estaba vacía, excepto por las cosas de Emilio, que permanecían mudas, se diría que nadie había dormido en ella.

—Marcela, por favor, avisa a las cocineras que preparen tortas; eso va a ser el desayuno de hoy: dos tortas para cada quien. Los demás, por favor, terminen de acicalarse rápido y nos vemos en el comedor en media hora. —Mayor hablaba de prisa, moviendo las manos con rapidez, mirando a todos lados.

Media hora después, todos reunidos en el comedor escuchaban a Mayor con atención:

—Parece que Emilio está desaparecido, al menos, nadie lo ha visto en más de veinticuatro horas y no falta ningún vehículo, así que no tenemos razón para pensar que se fue al pueblo, menos sin avisar. Vamos a organizarnos para buscarlo. Intégrense por parejas, Marcela y Sandra, por favor, organicen los equipos de búsqueda, que se distribuyan por todos lados y salgan a buscarlo. Manuel y Nahia, revisen bien la tienda a ver si encuentran algo que pueda indicarnos dónde está. Yo voy con el chofer al pueblo a ver si está por allí o lo vieron pasar. Cada equipo lleve un radio sintonizado en el canal 7. Avisen cualquier cosa. Estemos atentos.

Marcela nunca lo había visto así. Por lo general era tranquilo al hablar, así que la situación debía ser delicada. No era común que el líder de un proyecto desapareciera así, sin más.

Cuando Mayor terminó de hablar, los estudiantes, los trabajadores y Sandra la rodearon, esperando sus instrucciones. No le quedó más remedio que asumir el liderazgo.

—Vamos a dividirnos en dos grupos, uno con Sandra y otro conmigo. Cada uno se organiza en parejas y se pone a peinar el monte. Sandra y su equipo se van por el norte y el oeste, nosotros por el sur y el este. —Marcela habló con seguridad, moviendo las manos tranquilamente, señalando cada lugar con el índice derecho—. Recojan sus tortas, su k'eyem y nos reunimos junto al generador.

—Los demás nos reunimos junto al cerro. —Sandra no quiso parecer menos que su compañera—. ¡Adelante!

En pocos minutos los equipos estaban internándose en el monte y Marcela vio a Manuel y Nahia entrar a la tienda de Emilio al tiempo que Mayor abordaba la camioneta.

DESAPARECIDO

Marcela, a pesar de sus ciento sesenta centímetros y su aspecto femenino, sus senos generosos y su negro cabello que imitaba las olas marinas, sabía manejar el machete y se orientaba muy bien; su condición de arqueóloga contribuía sin duda a que el monte tuviera pocos secretos para ella. Sin embargo, esta vez dejó que el trabajador fuera por delante para abrir brecha y ella se dedicó a indicar el rumbo. De sobra sabía que los hombres mayas conocían el monte a la perfección y que un campesino no se extraviaría. Se encaminaron al cenote que había visitado el día anterior con Nahia y Sandra.

Prestaba atención a los sonidos que viajaban entre las hojas. Su mirada era un radar moviéndose en todas direcciones y atrapando detalles, aunque no dejaba de pensar en Emilio: ¿dónde estaba?, ¿cómo se había marchado?, ¿por qué no dijo que se iba? Muchas preguntas sin respuesta que le generaban presentimientos oscuros que desechaba como si fueran molestos moscardones, para regresar de nuevo a las preguntas. En todos sus años de practicar la arqueología, jamás le había tocado presenciar un caso similar. Que alguien desapareciera era una idea que nunca le había pasado por la mente.

Las voces que cada tanto salían de su radio, cuando sus compañeros de búsqueda informaban o comentaban algo, la sacaban de sus pensamientos. No debían impacientarse: la búsqueda no había hecho más que empezar.

Casi sin darse cuenta, llegaron al cenote, donde se detuvieron un momento para escudriñar los alrededores en busca de algún indicio o de algo que considerasen fuera de lo normal.

—¿Hacia dónde vamos, jefa? —La voz del trabajador la sacó de sus reflexiones.

—No lo sé, todo parece normal. ¿Tú qué dices? —respondió alzando los hombros y mirando al peón con el interrogante en su rostro.

—Pos, la neta, jefa, no tengo idea... —El hombre imitó su gesto y también elevó los hombros—. Parece que algunas personas estuvieron aquí hace poco, pero regresaron al campamento.

—Sí, eso es claro. —Marcela miró al piso buscando las huellas—. Nadie salió de aquí para otro lado. Volvamos y tomemos otro rumbo.

A medida que se acercaban al campamento, la radio insistía en que los otros grupos tampoco habían encontrado nada y en que seguían buscando.

No entro al área de la zona arqueológica, sino que descubrió una vereda muy estrecha que se abría hacia el oeste y optó por que se adentraran en ella. Con una seña, le indicó el camino y el trabajador se afanó en ampliar la brecha en el camino de animales lo suficiente como para pasar sin mucho problema. El ruido del machete cortando maleza, ramas y troncos delgados se mezclaba con los sonidos del monte. Pronto dejó de prestarles atención para mirar atentamente por dónde se movían.

Al cabo de un par de horas llegaron a la boca de otro cenote, un pozo de unos veintitrés metros de diámetro y una caída de más de tres metros en vertical, rodeado de una espesa vegetación.

Apenas se detuvieron unos minutos. Desde donde se encontraban, seguía sin verse nada fuera de lo normal, aunque ponían atención en los lugares donde pudiera esconderse algo revelador. Acabaron sentándose en las raíces superficiales de un antiguo ceibo para desayunar. La mañana avanzaba y aún no habían tomado nada.

Marcela reportó por radio su ubicación y en respuesta escuchó la voz de Sandra. No sonaba como siempre, sino que denotaba una profunda inquietud:

—¿Encontraste algo? ¿Qué ha pasado? ¿Cómo os ha ido? —Las preguntas se le agolpaban sin esperar a obtener respuestas.

—Nada. Cambio y fuera —contestó con parquedad.

Marcela se distrajo unos instantes contemplando el borde del cenote cuando oyó ruido de maleza que se movía detrás de ella. Instintivamente, se puso de pie y miró al trabajador, que ya estaba también atento al sonido con la mano en el machete. Exhaló un suspiro de alivio cuando vio asomar a Sandra. Levantaba la mano y los saludaba tratando de aparentar normalidad.

—¡Hola!, ¿qué hacéis?

—¿Y qué haces tú aquí? No me has dicho que estuvieras tan cerca. —No pudo ocultar el alivio al ver a su compañera—. Mira, ven, estamos tomando un breve descanso para desayunar. —Y volvió a preguntar—: ¿Qué haces tú por aquí? Pensé que te había tocado otra zona.

—En cuanto he visto tu posición, he pensado venir a ver si habías encontrado algo. Esto es desconcertante. —Sandra no dejaba de mirar de un lado a otro—. O sea, el lugar es precioso, pero la situación…

—Ya te lo he dicho: no he encontrado nada, todo igual.

Marcela se volvió a sentar y tomó su cantimplora.

—Siéntate un momento. Luego volvemos.

—¿Cómo lo ves?

—No tengo idea —Marcela le devolvió la mirada mientras hacía un gesto con las manos para enfatizar su respuesta.

—Estoy convencida de que Nahia sabe algo.

—¿Por qué lo piensas?

—Bueno… Es su asistente personal, además de su compañera. —Sandra la miró con picardía—. ¿Sabías que dormían juntos?

Marcela había comido el último bocado de su torta y bebía un sorbo de agua. Se detuvo.

—¿Y tú cómo lo sabes? —preguntó a su amiga.

—En la universidad es la comidilla de todo el departamento. Por eso la trajeron, para atender al jefe.

—Nahia es una buena arqueóloga. Tiene potencial. Aquí se ha portado bien y se da a respetar.

—No digo lo contrario. Solo que es la típica universitaria enamorada de su maestro.

—¿Entonces Emilio es el papá de su bebé?

—¿Está embarazada? —Los ojos y la boca de Sandra lo decían todo. Aquello era un desastre.

—Así es; la otra noche la encontré llorando y me lo dijo.

—Vaya… No querría verme en su lugar. Igual ha tenido algo que ver. Habrá que esperar.

—Exacto. A ver qué pasa. ¿Quieres…? —Y le ofreció un bocadito de pan con queso que Sandra rechazó. Marcela se puso de pie mientras lo apuraba—. ¿Nos vamos ya? Todo el mundo debe estar de vuelta.

—Uf, sí. El tiempo pasa volando, y más, cuando avanza en contra…

Minutos después, pusieron rumbo al campamento. El hombre fue siguiéndolas atento a cualquier sonido que se filtrara entre los trinos y el roce de las ramas. Marcela pensaba en las palabras de la española.

Al llegar al campamento ya los otros grupos de búsqueda estaban reunidos en el comedor. Ambas caminaron hacia allí sin hacer comentario alguno.

Después de recorrer las estructuras de la zona arqueológica, buscando hasta en los más escondidos rincones y temiendo un accidente, Manuel decidió revisar la tienda de Emilio, como le había indicado Mayor. Nahia lo acompañaba. No reparó en que la española tuvo que detenerse de forma abrupta para no chocar con él. Él pasó primero y ella lo siguió. La tienda era ligera, con capacidad para dos personas, y tenía una alfombrilla en la entrada.

—¿Qué opinas?, ¿algo que te llame la atención?

—No sé. Todo está como lo vimos hace dos noches. —A Manuel le pareció que con aquella respuesta la chica evitaba involucrarse personalmente. Era prudente y no se lo podía reprochar.

—OK. Revisa los bolsillos de la tienda a ver qué encuentras ahí.

Manuel estaba abriendo ya la mochila, colocada a un lado de la bolsa de dormir y lo primero que vio sobre la ropa, como si se hubiera dejado en forma descuidada o con prisa, fue el teléfono celular de Emilio. Lo tomó de inmediato, trató de activarlo, pero al ver que estaba bloqueado y que le pedía la huella dactilar, se lo metió al bolsillo y siguió revisando el contenido.

Nahia se había parado detrás de él y miraba sobre su hombro. La ignoró. Le interesaba echar un vistazo a los papeles apilados sobre la pequeña mesa de trabajo. Antes de tocarlos, le preguntó:

—¿Qué hallaste?

—Nada. Artículos de higiene personal y su cartera.

—¡Dámela! —Vio que la chica se sorprendía con su respuesta abrupta—. Quiero revisar lo que tiene.

Le llamó la atención el muy leve temblor de sus labios y la tensión en el rostro.

—¿Estás bien?

—Sí, sí; es tan extraño todo esto… Me fatiga, la verdad.

—Estamos todos desconcertados. Vete a descansar un rato, yo voy a mirar sus apuntes, su computadora y todo esto —dijo mirando lo que había en la mesa—. Si te necesito, te hablo.

Nahia, con sus 165 centímetros de estatura, era una chica decidida, solidaria, sin coquetería a pesar de saber que sus ojos de un profundo color negro destacaban en su tez morena como dos obsidianas en la arena. Era buena estudiante, pero no lograba la excelencia sin esforzarse mucho. De sonrisa fácil era popular entre sus compañeros, aunque sin liderazgo. Su grupo conocía su romance con el maestro y lo aceptaba como algo natural.

—¡No! ¿Cómo voy a descansar mientras todos están currando? —Nahia rodeó la mesa y se puso a revisar los papeles—. Me quedo. Te ayudo en lo que necesites.

—Como quieras.

Manuel se concentró en lo que tenía enfrente: la libreta de campo, con las notas del proyecto y algunos apuntes sueltos sobre el contenido del códice. La computadora no tenía clave de acceso, así que pudo revisar archivos y, poco a poco, fue tomando forma una idea en su cabeza. Cuanto más revisaba más se materializaba esa sensación, aunque luchara por rechazarla.

Emplearon un par de horas en la revisión minuciosa sin encontrar nada que fuera de ayuda. Salían de la tienda justo cuando Marcela y Sandra emergían del verdor de la selva yucateca.

En el comedor estaban medio alborotados y no se hablaba de otra cosa. La comida se estaba sirviendo y había agua de Jamaica para refrescarse, pero la incertidumbre y el nerviosismo se palpaban en el ambiente.

Manuel se sentó junto a Mayor, Marcela frente a él, y a su lado, Sandra. Nahia escogió una mesa cercana, la de los estudiantes que se hallaban entre ellos haciendo sus prácticas.

—¿Encontraron algo? —Mayor miró alternativamente a sus compañeros de mesa—. Ni en Xul, ni en Oxkutzcab lo han visto. En realidad, el vehículo no se ha movido en los últimos días y ahí sigue, como quedó el fin de semana.

—Nosotros inspeccionamos el monte, las veredas, cada caminito. Hay muchas piedras labradas, metates y sartenejas. Y vimos huellas de animales, pero ninguna evidencia reciente de la presencia de personas. —Sandra hablaba rápido y no despegaba los ojos de Marcela.

—Es correcto. —Marcela afirmó con la cabeza—. Yo estuve en los dos cenotes y no encontré nada. Como si se lo hubiera tragado la tierra.

—También nosotros revisamos todo el sitio: las grietas de las estructuras y los lugares donde pudiera haber caído si se hubiera accidentado, pero nada. En su tienda está todo intacto, como si hubiera salido muy de prisa. Solo faltan su machete y su cámara. —Y cómo producto de una revelación, añadió—: Por cierto, ahora que caigo: ¡no está el códice!

Estas últimas palabras fueron seguidas de un silencio embarazoso.

—¿Se habrá escapado con él? —se atrevió a decir Mayor.

—Es una posibilidad —respondió Manuel encogiéndose de hombros—. Mientras no sepamos más, podemos pensar cualquier cosa…

—En ese caso, habría que dar parte a la policía —dijo Marcela. Y miró alternativamente a Sandra y a Nahia, como sin querer.

—Sería terrible algo así. No nos precipitemos, por favor. Sigamos buscando por la tarde. Si no aparece para esta noche, mañana temprano iré a Mérida y daré parte.

—Creo que hay agencia de la fiscalía en Peto. Podrías dar parte ahí. —Manuel tomó el primer bocado, como si todo estuviera decidido ya. El resto lo siguió.

Terminaron de comer en silencio y, sobre las cinco de la tarde, cuando ya había descendido un poco la temperatura, salieron a dar una última vuelta con la esperanza de encontrar algo que ya en su interior intuían que no estaba allí.

A las seis treinta estaban de vuelta en el comedor, tomando agua de limón. Solo faltaba un trabajador. Lo estaban esperando para dar las instrucciones del día siguiente. De pronto, llegó hasta sus oídos un movimiento que agitaba en la vegetación y los gritos de un hombre.

—¡Patrón! ¡Jefe! ¡Lo encontré! ¡Mayor! ¡Manuel!

Todas las miradas se concentraron en la dirección de donde provenían las voces apuradas y vieron salir del monte al hombre que corría haciendo aspavientos y mostraba el rostro demudado.

—¡Lo encontré! ¡Lo encontré! —decía fuera de sí y corriendo hacia ellos.

Al llegar, se desplomó en una silla mientras tomaba resuello. Alguien le ofreció un vaso de agua de limón que bebió de un trago.

— ¡Vamos, señor! ¿Qué viste? Dinos dónde está.

—¡Muerto! ¡Muerto todito!

—¡Qué cosas dices, cabrón! —Manuel lo tomó por los hombros y lo miró a los ojos—. Respira. Tranquilo. Explícanos qué viste y dónde.

—En la cueva, jefecito, en la cueva. —El hombre respiraba agitado y su expresión aterrorizada hacía pensar que hubiera visto poco menos que al ángel exterminador—. La que está después del cenote. En su interior se encuentra el cadáver del ingeniero Emilio.

—¿Cadáver? ¡Llévanos ahí! —tronó Mayor—. ¡Deprisa!

Al momento, se pusieron todos de pie y lo siguieron a través del follaje, como si fueran víctimas de una pesadilla y estuvieran acudiendo a su propio sacrificio.

EN LA CAVERNA

Caminaron sin sentir el tiempo y sin darse cuenta que estaba oscureciendo. Al llegar al pozo, ya casi no podían ver bien. Los más experimentados sacaron las linternas que llevaban consigo y avanzaron extremando las precauciones hasta que el guía se detuvo en la entrada de la caverna, titubeante. Señaló el acceso al interior con la mano izquierda al tiempo que se persignaba con la derecha.

El resto del grupo observaba al atemorizado peón. Fue Sandra la que dio un paso al frente y se adentró decidida en la profundidad de la gruta. Manuel la imitó. Marcela y Mayor los siguieron de inmediato.

El piso estaba resbaloso y obligaba a caminar despacio. El barro acumulado durante siglos y humedecido por las filtraciones del techo había ido formando un sedimento traicionero. La vista era sobrecogedora: ante los cálidos haces de las linternas se extendía un mar de estalactitas, estalagmitas y columnas que parecían salidas de manos de un fino escultor.

Manuel apenas tuvo tiempo de ver la luz de la lámpara de Sandra escabullirse por un paso en la roca, cuando oyó el grito de Marcela que sonó como una profanación en medio de aquel silencio:

—¡Sandra! ¿Adónde vas?

—¡Es por aquí! —dijo la española envuelta en un múltiple eco.

Detrás de ellos venían los estudiantes. Manuel se giró y señaló al que estaba más cerca.

—Tú, ve al campamento y trae mi cámara y mi mochila, por favor. Y esperen afuera; si es necesario se les llamará, pero si no, que nadie entre.

Se recriminó por no haberlo ordenado antes. Ignoraba qué se iban a encontrar, pero a juzgar por el trastorno del hombre que había dado la voz de alarma, no sería una escena de gusto. Los estudiantes no tenían por qué estar presentes.

Los muchachos se aprestaron a seguir las indicaciones entre murmullos y los tres arqueólogos avanzaron en pos de Sandra. Al llegar a una ampliación de la gruta, vieron la luz de su linterna brillando en una cavidad que abarcaba de piso a techo de la cueva. Acudieron hasta ella sin decir palabra.

Mayor, el primero en llegar, se quedó inmóvil ante la escena que tenía ante a sus ojos. No tardó en ver lo mismo Manuel. Los músculos de la cara se le tensaron y por un instante permitió que sus emociones reflejaran el horror y que su cabeza no diera crédito a lo que veía.

Sandra estaba de pie, inmóvil, alumbrando en el piso el cuerpo ensangrentado de Emilio. Había sangre en las paredes de la gruta cubriendo unos bajorrelieves bastante bien conservados. La camisa del difunto también estaba llena de sangre, así como parte del piso de la cueva.

El grito ahogado de Marcela lo sacó de su impresión. Estaba parada junto a él, mirando el cuerpo; con una mano se tapaba la boca y con la otra apuntaba la linterna al cadáver.

—¡Retrocedamos! ¡No toquen nada! ¡Sandra, vamos para atrás!

Manuel fue el primero en reaccionar y moverse. Sus compañeros lo imitaron y emprendieron el camino de regreso a la salida de la gruta.

Los estudiantes esperaban como se les había mandado y ya cada quien tenía una lámpara. Los trabajadores habían hecho un claro frente a la gruta y habían encendido unas hogueras con leña verde para ahuyentar los insectos nocturnos. La expectación colectiva era notable. Mayor se dirigió al grupo de inmediato.

—Compañeros y compañeras, tenemos un problema bien serio. El arqueólogo Emilio Barrio Montero, director del proyecto, está muerto en el interior de esa caverna. Ignoramos qué pasó, pero lo averiguaremos.

El murmullo se contagió a todo el grupo. Todos comentaban algo. No se entendía nadie con nadie. Manuel estaba ubicado a la derecha de Mayor,

Marcela a su lado, y Sandra, inmediatamente después. Vio a Nahia frente al grupo, demudada, petrificada, con los ojos y la boca muy abiertos.

—Atiende a Nahia, por favor —le susurró a Marcela—. Está muy afectada.

Se acercó a la chica y le pasó el brazo sobre los hombros para atraerla hacia sí en un gesto acogedor. La estudiante soltó un llanto silencioso.

—Les voy a pedir que mantengamos la calma —continuó Mayor—. Hay que avisar a la policía, pero quién sabe cuánto tiempo les tomará llegar hasta aquí. Ahora mismo partiré a Peto, a reportar a la agencia de la fiscalía y de inmediato regreso. Entre tanto, Manuel se hará cargo. En estos casos, el tiempo es vital y si podemos adelantar algo, eso tendremos ganado. —Y dirigiéndose a su compañero, añadió—: Por favor, Manuel, toma todas las fotografías que puedas, levanta un registro minucioso y haz los dibujos que consideres necesarios. Tú sabes, todo es técnica arqueológica. No contamines la escena para que los criminalistas puedan hacer su trabajo.

Manuel asentía sin pronunciar palabra.

—Cualquier cosa, muchachos, diríjanse a Sandra y Marcela. Ellas quedan al cargo mientras Manuel esté dentro de la cueva y yo en Peto. Y ahora, volvamos al campamento.

—¡Marcela, Sandra, Nahia! —llamó Manuel antes de que se retiraran.

—Pónganse de acuerdo con él —dijo Mayor. Y se encaminó al campamento seguido del resto del equipo.

Manuel siguió hablando. Estaba nervioso, inquieto; la idea de permanecer solo con él cadáver lo descolocaba.

—Necesitaré que me envíen la cinta y el flexómetro de cinco metros, la brújula, marcadores, cuerda para cuadricular, regletas, y alguien que me ayude aquí, por favor.

Las chicas asintieron y marcharon con resto de la gente. Manuel tomó su cámara y su mochila y se dirigió al interior de la gruta.

Se detuvo a la entrada y fue tomando fotografías, muy especialmente de las huellas que había en el piso. Sería un trabajo tedioso descifrar de quién era cada par y el orden en que se habían hollado, pero con un poco de paciencia acabarían sabiéndolo. Había al menos cinco pares de pisadas distintas, todas de botas de labor, menos las del peón que había encontrado el cuerpo. Esas se diferenciaban fácilmente porque los huaraches solían a llevar suelas hechas con llantas de camión.

Fue entonces cuando prestó atención a lo que había dentro de la caverna. Para entrar, tuvo que pasar por una pendiente de unos cincuenta metros de piedra recubierta de barro húmedo y que terminaba en un túnel de roca caliza sembrado de estalactitas.

Saliendo del túnel de la entrada, le llamó la atención una pequeña formación pétrea con forma de cono truncado, de origen natural, con una envergadura de dos metros de diámetro por metro y medio de altura y convertida en altar por los mayas. Todavía conservaba una vasija de barro con la cara del dios Chaac, el dios de la lluvia y el agua que se caracterizaba por su nariz larga. Estaba rodeado de cuatro vasos de barro finamente pintados con imágenes de figuras del panteón maya y monstruos mitológicos, así como de una figurilla de la serpiente emplumada, de unos veinte centímetros de largo y finamente tallada en piedra caliza. Completaba la ofrenda un grupo de seis jícaras distribuidas por toda la circunferencia que formaba el conjunto. Mientras fotografiaba la ofrenda, pensó en lo maravilloso que era el hecho de que estuviera completa, intacta, y agradeció que los saqueadores no la hubieran desvalijado.

Siguió fotografiando las huellas hasta que al llegar a la sala donde estaba el nicho que albergaba el cadáver oyó sonidos que venían de atrás. Se detuvo y prestó atención, enfocándose hacia la ruta que lo había llevado hasta allí. Un haz de luz recorría el mismo camino que acababa de transitar él momentos antes.

No tardó en identificar a quien llegaba con su mochila a la espalda.

—Aquí está lo que pediste. Traigo, además, un par de buenas linternas, agua suficiente, unos sándwiches que prepararon las cocineras, un par de plátanos y una bolsa de galletas, por si da hambre en la noche. —Marcela hizo una pausa muy breve y continuó—. Yo me quedo a ayudarte, y Nahia y Sandra se harán cargo de todo ahí fuera. Mayor selló la tienda de Emilio. Dijo que sólo tú puedes entrar a levantar un inventario de lo que hay.

—Muy bien. Avancemos. Esto nos llevará toda la noche. —Apuntó la cámara hacia las huellas—. Por favor, alumbra el piso, las huellas… Las fotografiaremos hasta donde está… el cadáver.

Cuando llegaron al nicho lo primero que fotografiaron fue el estado de la pared.

—Es doloroso ver cómo quedaron —dijo Marcela, que hablaba en voz muy baja, como si temiera despertar a quien yacía en el piso—. Va a ser difícil sacar las manchas de sangre sin deteriorar el soporte y las propias tallas.

—Buen trabajo para los restauradores.

Agachado, poniendo un marcador hacia el norte junto al cuerpo recordó que tenía su teléfono en el bolsillo y que no había podido desbloquear. Lo sacó y, con cierto reparo, puso el frío índice derecho sobre el sensor del teléfono. La pantalla se iluminó y le dio acceso al dispositivo. Sin perder tiempo, pulsó ajustes, pantalla de bloqueo, tipo de bloqueo de pantalla y lo dejó desbloqueado. Lo devolvió a su bolsillo y siguió tomando fotografías. No hubo rincón, ángulo ni lado que quedara sin registrar.

Tomaron medidas de la posición del cuerpo con respecto a determinados puntos de las paredes como referencia, la orientación de cada parte y todo lo posible.

Eran las once de la noche cuando terminaron de revisar minuciosamente cada aspecto que pudiera ser relevante, de apuntar cada minúsculo detalle y de dibujar los bocetos, y todo ello, con buen cuidado de no contaminar la escena. Solo les quedaba recoger sus cosas con el mismo celo.

Salieron de la caverna. Rumbo al campamento se detuvieron junto al cenote a comer los sándwiches que había llevado Marcela. A aquella hora, el paraje estaba alumbrado por la luz de la luna. Pasada la medianoche llegaron al campamento, que los aguardaba ya en silencio. Manuel sugirió que completasen el trabajo echando una ojeada por los alrededores. Marcela aceptó y se encaminaron al cerro de la cala, pasando frente al espacio de los trabajadores. Algunos dormían en sus hamacas y otros se mecían suavemente en ellas. Uno tocaba una melodía triste en la guitarra.

Las tiendas de campaña de los arqueólogos estaban cerradas. En la de Sandra se veía la luz de la lámpara de trabajo y la sombra de ella sentada. La de Nahia se veía a oscuras, como si estuviera vacía o ya se hubiera dormido.

Al pasar por la de Emilio, no pudo evitar detenerse y mirar las cintas con que Mayor la había sellado. Movió la cabeza ambos lados, como queriendo espantar los fúnebres pensamientos. Apenas se dio cuenta de cómo lo miraba Marcela; sigilosa, como si tomara nota del lento transcurrir de la noche y de los vericuetos mentales de su compañero, caminaba a su lado.

Recorrieron todas las estructuras y no vieron nada extraño. Se despidieron en la entrada de la tienda de Marcela y él siguió unos metros más hasta la suya.

Hacía calor. Se quitó la ropa y se acostó encima de la bolsa de dormir. Una hora después, seguía sumido en sus pensamientos y el sueño no decía de aparecer. Sacó el celular de Emilio. Se iluminó la pantalla que mostraba la imagen de su dueño armado con casco y una frontal, todo sonriente. A punto de acceder al contenido, oyó pasos y ocultó el aparato. Enseguida se oyó el rasgado de la tela de la puerta. Alguien entraba. Sin pensarlo, se incorporó; con una mano tomó la lámpara y con la otra empuñó el machete. Se sorprendió al ver quién era.

—¿Qué te pasa? ¿Estás bien?

La ráfaga de luz la deslumbró y se cubrió la cara con las manos.

—Oh, perdona —dijo él bajando la linterna y soltando a un lado el machete.

—No puedo dormir. No dejo de pensar en él. No quiero estar sola —dijo Marcela en un susurro. No parecía la misma Marcela de unas horas atrás: tenía su mirada como suspendida de una rama endeble—. ¿Puedo quedarme contigo esta noche?

—Claro —Abrió la bolsa de dormir para que se acomodara—. Hay lugar para dos.

Las piernas de la chica se abrazaron a las de Manuel. Él le pasó el brazo por el cuello y ella acurrucó su cabeza. El mundo exterior quedaba afuera y también los pensamientos insidiosos que no los dejaban dormir ni a uno ni a otra.

Amaneció un día cálido. Al despertar, sintió el calor de su cuerpo, esbozó una muy sutil sonrisa e intentó salir del saco con gran sigilo. No pudo hacerlo sin despertarla, así que se miraron a los ojos. Algo nuevo tenía la sonrisa de Marcela aquella mañana.

—¡Venga, dormilona! Vamos a bañarnos antes de que empiece la gente a levantarse. —La esperó de pie con los utensilios de higiene personal bajo el brazo.

Marcharon entre sonrisas cómplices al área que le correspondía a cada uno. Cuando salían, Manuel vio a Nahia en traje de baño y con una toalla alrededor del cuello. Era obvio que iba a darse un chapuzón matutino. Caminaba con la cabeza baja. No los había visto.

Como cada día, se reunieron a las seis treinta en el comedor la espera de que les sirvieran el desayuno. El ruido de un motor avisaba de que la camioneta del proyecto estaba de vuelta con Mayor. El arqueólogo se dirigió al comedor en cuanto descendió del vehículo.

—¿Cómo te fue? —le preguntó Manuel apenas lo tuvo delante.

—Es un trámite muy cansado —Mayor tomó una tortilla de la mesa y se hizo un taco de salsa de tomate y chile—. Ya levantaron el acta. Van a venir durante el día de hoy. De Mérida enviarán a alguien.

—Nosotros terminamos tarde en la cueva —informó a su amigo, aunque su mirada se dirigió a Marcela—. En cuanto desayunemos, revisaré de nuevo la tienda. Tengo que ver si se me escapó algo. El códice no aparece.

—Que te ayude Nahia. —Mayor miró a la chica, sentada frente a su desayuno, con los ojos clavados en él y sin tocarlo.

—¿Crees que sea prudente? —La mirada de Manuel pasó de su amigo a la chica y viceversa—. Se la ve muy afectada.

—Todos estamos afectados, pero es bueno que tenga algo en qué distraerse, ¿no crees? —Mayor se tomó el café de un trago y se puso de pie—. Además, era su asistente. Debió conocerlo bien. Puede ser de mucha ayuda.

Manuel vio que Marcela comía sin levantar la vista ni intervenir en la charla y siguió guardando silencio. Se levantó de la mesa al mismo tiempo que Mayor, se acercó a Nahia y, poniéndole una mano en el hombro, en un gesto gentil, le dijo:

—Cuando termines de desayunar, búscame en la tienda de Emilio, que voy a revisarla otra vez. Tómate tu tiempo. No hay prisa.

La chica asintió con la cabeza y no dijo nada.

Manuel recogió su cámara y su libreta de campo y se dirigió a la tienda de Emilio. La asistente estaba esperándolo en la entrada.

—¿Lista?

La miró un momento y, sin esperar respuesta, sacó una navaja y cortó la cinta de empaque. La chica se estremeció y él lo notó, pero no hizo ningún comentario.

—Toma tu libreta y haz una relación minuciosa de lo que hay en todos los bolsillos que veas y en la mochila, por favor —le dijo tratando de adoptar un tono amable—. Procura no revolver nada.

Mientras la estudiante se ponía a ello, él se sentó frente a la mesa de trabajo a repasar los papeles y el contenido de la computadora.

El resto del mundo desapareció. Solo existían la computadora portátil y los papeles. En medio de todo ello, sus pensamientos con un bombardeo de preguntas que no le daban tregua. ¿Quién carajos pudo haberse llevado el códice?, ¿cómo se enteraron de su existencia? Alguien del campamento debió haberlo informado, pero ¿quién? Pobre Emilio... Le salió caro el privilegio del descubrimiento, pero ya no se podía hacer nada por él. Ahora lo importante era rescatar el códice antes de perderlo para siempre.

«Esos infelices que se dedican a traficar con la historia del país no tienen madre. Habría que fusilarlos a todos. Es cierto que muchos campesinos mayas también vendían vestigios arqueológicos que encontraban en sus milpas, pero era por necesidad. Los grandes traficantes y coleccionistas, cabrones todos, son los que habría que fusilar».

Con todo este lío se retrasaba el trabajo. No tenían mucho tiempo para todo lo que debían hacer y, encima, esto. No era posible que le sucediera a él, que no le gusta meterse con la gente y que valoraba su trabajo más que nada.

En un momento dado, levantó la cara justo a tiempo para ver que Nahia tomaba algo de la bolsa de dormir de Emilio y se lo metía en uno de los bolsillos.

—¿Qué es? —le preguntó sin miramientos.

—¿Qué es qué? —contestó ella.

—Lo que te guardaste en el pantalón. ¿Qué escondes?

—Nada... No es nada.

—Vi muy bien que tomaste algo de la bolsa de dormir y te lo guardaste en el bolsillo del pantalón. Nahia, por favor.

La chica se estaba poniendo nerviosa. Movía las manos como culebrillas por dentro de la tela y tenía la boca prieta en una mueca tensa.

—Está bien. —Bajó la mirada, sacó la mano derecha y le entregó un pedazo de encaje hecho una pequeña pelota.

Era una tanga femenina.

—¿Sabes de quién es? ¿Por qué la escondiste?

—Es mío. Mía —aclaró, recordando que para ellos los tangas eran femeninos. Apenas se alcanzó a oír su voz.

—¿Por qué estaba ahí? —Empezaba a sospechar algo que no le caía en la más mínima gracia—. ¿Te estabas acostando con él?

EL TELÉFONO DEL CADÁVER

Manuel estuvo revisando la computadora de Emilio con minuciosidad, pero no dejaba de pensar en Nahia. Le preocupó mucho descubrir la relación que les unía. Estaba acostumbrado a ver que las estudiantes se acostaban con sus profesores en la universidad y, aunque no era algo común, de vez en cuando pasaba. Pero ¿podía haber algún vínculo entre esa relación y la muerte de Emilio?

Estaba convencido de que Nahia sabía cosas que no había dicho. Le parecía una chica muy conservadora, bastante religiosa. ¿Qué tan profunda era esa relación? Nahia ¿Por qué intentó ocultarla? ¿Por qué escondió la tanga? ¿A qué temía? La había enviado a su tienda con la orden de que no saliera mientras él no la fuera a buscar.

La sometería a un interrogatorio exhaustivo. Su plan era rodearse de precauciones y que la muchacha se sintiera protegida: una charla amable, educada, en la que, poco a poco, fuera profundizando hasta averiguar todo lo que sabía. Necesitaba despejar sus dudas para avanzar en la investigación y ella acababa de convertirse en una pieza clave. Se estaba tomando tan a pecho todo aquello que encontrar al asesino y rescatar el códice se había convertido en un asunto personal.

Se dirigió a su tienda. Frente a la entrada, se aclaró la garganta y la llamó.

—Nahia, soy yo, Manuel. ¿Puedo entrar?

—Pasa.

La chica estaba sentada sobre su bolsa de dormir, con un libro en las manos, mirándolo a la cara. Manuel optó por acomodarse en el piso junto a ella.

—Comprenderás que debemos hablar y que es bueno que todo esté claro. Esto es muy grave y, en algún punto, te concierne. Solo diciendo todo lo que sabes puedes ayudarte.

—Vale, sí, lo entiendo.

Bajó la mirada. No se movió en lo más mínimo. Tenía los ojos vidriosos. Manuel fue directo al grano, sin rodeos.

—Cuéntame de tu relación con Emilio. Platícame desde el principio. Lo que significaba para ti. Todo. En los detalles puede haber algo que nos dé un indicio de lo que pasó.

—No hay mucho qué decir. Era mi maestro de Formación y Recuperación de Materiales Arqueológicos, en el quinto semestre. Sus clases eran las más populares entre las chicas y a mí… me parecía atractivo. Una tarde lo fui a ver a su cubículo para aclarar una duda, me invitó a tomar un café y acepté. A partir de ahí estuvimos saliendo con frecuencia y… —lo miró de soslayo y bajó la cabeza— me fui enamorando y, un día, en su casa, terminamos en la cama. Ni sé cómo pasó…, pero pasó. Y fuimos buscándonos en cada oportunidad. Pensé que llegaría a casarme con él, que en realidad me quería.

—¿Y te contó cosas de su trabajo?

—No, nunca. Nunca me habló de cosas personales ni de nada concerniente a su trabajo.

—¿Y de qué hablaron aquí en el campamento? ¿Por qué escondiste la tanga?

No bien terminó de formular la pregunta, oyó la voz de Marcela que llamaba desde la entrada. Al asomarse, vio a la gente dirigiéndose al comedor y un auto desconocido estacionado cerca del campamento.

—¿Qué pasa?

—¡Ah, estás aquí! Llegó la policía. —dijo señalándole un par de personas que estaban en el comedor con Mayor—. Quieren que nos reunamos ahí.

Los tres se encaminaron al comedor. Marcela miraba de soslayo a Nahia y Manuel lo advirtió, pero ninguno dijo nada.

—¡Manuel! —Mayor levantó la mano cuando lo vio.

Él se adelantó y las chicas quedaron detrás del grupo que se había formado. Mayor lo tomó del brazo y lo presentó.

—El fiscal investigador, Alejandro Euán —dijo. Y mirando al agente agregó—: Él es mi mano derecha, el arqueólogo Manuel Rivera. —Manuel le estrechó la mano con fría cortesía y el fiscal le correspondió con un «mucho gusto, señor». Mayor continuó informando—: Es a quien le pedí que nos ayudara mientras ustedes llegaban y se hacían cargo. Se han dado prisa, la verdad.

—Un homicidio siempre tiene prioridad y, si me tardé un poco, fue porque vengo desde Mérida. Además, está un poco escondido este lugar. Por suerte, dimos con él.

—Fiscal, espero que puedan resolverlo pronto —dijo Manuel—. Hay mucha inquietud y dolor aquí.

—Tenga usted la seguridad de que haremos todo lo posible por no interrumpir su labor, aunque, como comprenderá, hemos de interrogar a todos los miembros del equipo, incluyendo peones y cocineras. Y tendremos que estar por aquí el tiempo necesario, pero tenga la certeza de que trataremos de molestar lo mínimo posible.

Mayor se dirigió a todos los reunidos con voz alta y clara. Se le notaba el rostro severo y cansado.

—Compañeros, permítanme su atención un momento, por favor; no les voy a quitar mucho tiempo. Ya todos sabemos lo que le sucedió al infortunado compañero y estamos consternados. Pero lo de Emilio no fue un accidente. Lo mataron con crueldad para robarle el mayor tesoro maya que podíamos haber encontrado.

»Ninguna reliquia vale lo que la vida de nadie. El criminal debe ser castigado con todo el rigor de la ley y nosotros tenemos la obligación legal y moral de colaborar con las autoridades para encontrarlo. En este momento, se encuentra con nosotros el fiscal investigador, Alejandro Euán. Tiene instrucciones de hacerse cargo del procedimiento y de llevar ante la justicia al responsable.

La visión del cuerpo de su amigo lo asaltó y el rostro se le demudó. Calló un instante para recobrarse y prosiguió:

»Les solicito su máxima colaboración con las autoridades. Nadie puede salir o entrar al campamento sin informar a los agentes de la ley ni obstaculizar su trabajo. Entiendo que primero van a platicar con cada uno de nosotros. Estemos pendientes para acudir con prontitud en cuanto nos avisen. Y, seguido, tomó la palabra el fiscal.

—Muy buenas tardes. Seré muy breve. Dentro de unos minutos llegará la unidad móvil del laboratorio de criminalística e iremos a visitar la escena del crimen. Mientras dure la investigación, se quedarán aquí mis compañeros fiscales, secretario y auxiliar.

»Si alguien tiene información que nos pueda ayudar le solicitamos que nos la proporcione de inmediato. Cuanto más pronto sepamos lo que pasó, antes les dejaremos seguir con su actividad. En este momento está llegando la unidad móvil. Por favor, señores arqueólogos, acompáñennos a la escena del crimen. Los demás permanezcan en este lugar.

El ruido de un motor corroboraba las palabras del fiscal y hacía acto de presencia en el campamento una camioneta de la Fiscalía del Estado. Descendieron del vehículo tres personas, con sendos maletines y un equipo en el que Manuel identificó tres trípodes de cámaras y algunas lámparas de baterías.

Por alguna razón que no lograba identificar, el arqueólogo se sentía a disgusto con los recién llegados y se limitó a saludarlos con un modesto movimiento de cabeza.

—Vayamos antes de que se haga más tarde —dijo sin esperar respuesta.

Se movieron rápido tras él y fue observando divertido que los investigadores pasaban trabajos para moverse en el estrecho sendero hasta el cenote. Se creían gente importante y sin duda lo eran, pero quien había hecho un examen minucioso era él. Bordearon el lugar y llegaron a la gruta donde había tenido lugar el asesinato. Con actitud resuelta, hizo ademán de entrar, pero se detuvo al escuchar la voz de Euán.

—Un momento. Usted se queda aquí. Todos se quedan aquí. Esperen a que yo salga.

—¿Cómo van a encontrar el cuerpo si no conocen el lugar? —dijo Manuel adoptando un tono irónico.

—En estos lugares siempre hay mucha humedad —respondió Euán con sencillez—. Seguiremos sus huellas. No será un camino muy transitado.

Ante la solidez de la respuesta, Manuel no tuvo más remedio que callar. En ese momento su radio anunciaba la llegada del forense al campamento.

—Que Nahia los traiga a la cueva —respondió Mayor al radio.

—Cuando lleguen los forenses, por favor, que nos vean adentro. —Y Euán se dirigió a la cueva mientras hablaba.

En un instante, los cuatro arqueólogos se vieron congregados en la entrada de la gruta sin saber qué hacer, mirándose alternativamente las caras y siguiendo a las figuras que desaparecían en el interior. Al poco, ni siquiera los destellos de las linternas anunciaban que hubiera alguien dentro.

Manuel se sentía incómodo. De vuelta en su tienda, repasaba los acontecimientos de los últimos días. Habían permanecido a la entrada de la cueva bastante tiempo y eso le disgustó, además de que el investigador se portaba como un patán. Nada más llegar había tomado el control de la situación erigiéndose en quien daba las órdenes, lo que dejaba en segundo plano a su amigo Mayor. Y no solo eso, sino que se movía por todos lados sin el más mínimo respeto por el lugar. Estaba en una ciudad de sus antepasados y, en cambio, se conducía como si fuera un mercado al que uno se dirige a curiosear por los puestos sin intención alguna de comprar nada.

Le costaba reconocer que Euán solo estaba haciendo su trabajo y que para eso estaba ahí. Pero no lo creía capaz de encontrar el códice antes de que llegase al mercado negro.

La voz de Marcela lo sacó de sus pensamientos.

—¿Por qué no sales un rato? La tarde está muy agradable. Te invito a caminar por la zona y platicar un rato.

Se puso de pie y salió. Su compañera estaba sonriente frente a él.

—Te molestan los policías, ¿verdad?

—Están inmiscuyéndose en todo y no entienden lo que hacemos. —Seguía sin poder explicar por qué no se sentía cómodo con Euán—. En fin, hay que aceptar que es su trabajo. ¿Ya te interrogaron?

—Estoy esperando —dijo con una sonrisa—. Tranquilo. No tenemos nada que ocultar. Están interrogando al que encontró el cuerpo.

Se encaminaban hacia el Juego de Pelota cuando vio a un trabajador que se dirigía hacia ellos.

—Manuel —dijo con la confianza de saberlo uno de los suyos—, te espera el policía. Quiere hablar contigo.

Manuel miró a Marcela componiendo un gesto de enojo: acababan de fastidiarle el paseo. Movió la cabeza y se dio la vuelta.

—Cuando termine, te busco. Gracias, Chato. ¿Dónde está?

—En el comedor le hicieron un espacio para que platicase con la gente.

No quería hablar con Euán, pero no podía negarse y a los escasos minutos se encontró frente al fiscal investigador.

—Siéntese, por favor —lo invitó Euán dedicándole una cordial sonrisa. Manuel se sentó pero no le correspondió el gesto y se mantuvo serio.

—Usted fue el último en estar en la escena del crimen. De hecho, se quedó solo en el lugar durante mucho tiempo. Dígame exactamente qué hizo y por qué. Qué tocó. Qué movió. Qué se llevó de allí.

—Permítame puntualizar. Cuando descubrimos el cadáver, estábamos solo Mayor, Sandra, Marcela y yo. No permitimos que nadie más entrara —respondió en el mismo tono formal y distante que había empleado el otro.

—Un momento —le interrumpió Euán—. Dice usted que descubrieron el cadáver, pero yo tengo información de que fue un peón quien lo hizo.

—Es cierto. Me corrijo —dijo sosteniendo la mirada a su interlocutor—. Cuando llegamos frente al cadáver, estábamos solo Mayor, Sandra, Marcela y yo. No permitimos que nadie más entrara. De hecho, al ver el cadáver y las condiciones en que se encontraba, salimos de inmediato.

—¿Por qué? —le interrumpió nuevamente—. ¿Quién les ordenó que salieran?

—Yo. Sabía que debíamos preservar la escena del crimen. Éramos muchos y podíamos alterar algo.

—Sin embargo, después regresó a la escena. —Las continuas interrupciones lo enervaban e ignoró la intención del fiscal.

—Una vez fuera, nos reunimos con los que estaban allí. Había expectación y desconcierto y Mayor explicó lo que habíamos encontrado. Supongo que trató de calmarlos. Después nos organizamos y a mí se me encargó que tomara fotografías, comprobara si aún estaba allí el códice y documentara la escena con la mayor cantidad posible de detalles.

—¿Qué códice?

—Hace unos días hallamos un códice en muy buen estado de conservación y desapareció junto con el difunto. —Omitió llamarlo por su nombre—. Esperábamos dar con él antes de que acabase en el mercado negro.

Y siguió explicándose.

»Ya se lo dije; ellos regresaron al campamento y yo entré de nuevo en la cueva. Tomé fotografías del cadáver desde todos los ángulos que pude. De las paredes, igual; las pinturas, los tallados y del altar que está antes de llegar al nicho de las pinturas. Por supuesto, de las huellas que había en el piso.

—¿Dónde están esas fotografías? Necesito que me las entregue.

—En la tarjeta de la cámara. —Omitió mencionar que también había descargado una copia en su computadora—. Si me permite, mi cámara está en mi tienda. La voy a buscar y se la entrego.

—Ahora que terminemos vemos eso. Continúe.

—No hay más que decir. Al salir, regresé al campamento. Ya era tarde. Cenamos y nos fuimos a dormir.

—¿Qué pasó al amanecer?

—Desayunamos y cada uno volvió a su trabajo. Yo entré a revisar la tienda de Emilio para ver si encontraba alguna evidencia.

—¿Y?

—Nada. Solo fotos del códice en su computadora. —Tampoco dijo nada de la tanga ni del teléfono—. En sus papeles sólo había apuntes del análisis que estaba haciendo del ejemplar.

Por un instante se quedó pensando en el teléfono. Solo había revisado parte de su contenido, con rapidez, en la cueva. No podía decir todavía qué contenía. Siempre había mantenido en reserva su propia intimidad y revisar el teléfono era como invadir la de otra persona. Eso lo incomodaba. Estaba seguro de que ahí encontraría la clave de lo sucedido, pero le costaba trabajo tomar la decisión de violar la intimidad de alguien, vivo o muerto.

—¿Está seguro de que no omite nada?

—Es todo lo que sucedió. No recuerdo nada más.

—Muy bien. Vayamos por la tarjeta de la cámara y sus apuntes. —Manuel se sorprendió: no había mencionado que tomaba apuntes—. Porque los tiene, ¿no es cierto? Ustedes, los arqueólogos, toman notas de todo. Conozco sus técnicas. Las de criminalística tienen su origen en las técnicas arqueológicas, por si no lo sabe, de manera que hablamos el mismo lenguaje; al menos, en ese sentido.

Se dirigieron a la tienda de Manuel y Euán entró sin preguntar ni ocuparse de pedir permiso. A Manuel le pareció de una insolencia tal que sumó varios enteros a un malestar que no hacía sino crecer. Tomó su cámara y extrajo la tarjeta. Sacó su libreta de campo del bolsillo del pantalón y le entregó ambas al investigador.

—Necesitaré que me las devuelva cuánto antes —añadió en tono hostil—. Ahí están todos mis apuntes de la temporada. Es mucho trabajo.

—Solo me la quedaré el tiempo necesario. Y no se pierda de vista, que no hemos terminado usted y yo. —Y en tono casual, añadió—: Una pregunta más: ¿dónde estaba usted el día del crimen?

—Aquí, en el campamento, supongo. No sé cuándo se cometió el crimen. —Supo esquivar la trampa.

La noche resplandecía hermosa. Un par de horas antes una fuerte lluvia refrescó el ambiente. La luna llena hacía innecesarias la lámparas. Manuel, desde la piedra donde estaba sentado, admiraba en todo su esplendor el Juego de Pelota y la estructura más alta situada a su izquierda. Levantó la cabeza: millones de estrellas lo saludaban desde la profundidad del cosmos. Pensó que contemplaba el mismo cielo que cientos de años antes estudiaban los astrónomos mayas, anotando todo lo que encontraban relevante y que los llevó a configurar el calendario tan riguroso y exacto que hasta hoy no había podido igualarse.

Rememoraba sus lecturas de arqueoastronomía maya, cuando la oyó detrás de sí.

—Sabía que estarías aquí. —Marcela le sonó extrañamente íntima—. Eres fácil de localizar.

—Admiro esta preciosa noche —dijo poniéndose en pie de inmediato—. ¿No te parece asombroso que podamos ver el mismo cielo que con tanta pasión exploraron los astrónomos mayas?

—Es maravilloso lo que descubrieron —se sentó en la piedra y él se acomodó a su lado— y solo observando. Sin instrumentos ópticos ni ayuda técnica. Puras matemáticas y paciencia.

—Cierto. Y por algo estamos aquí.

Lo miró a los ojos y le tomó una mano con dulzura.

—¿Cómo te sientes?

—Bien —contestó tranquilamente—. ¿Por qué la pregunta?

—Vi salir al fiscal de tu tienda sonriendo.

—Ese tipo no me agrada. Me da mala espina. Se quedó con la tarjeta de mi cámara y mi diario de campo.

—Es su trabajo. Nos guste o no, tiene prioridad sobre el nuestro.

—No lo niego, pero no sé por qué me molesta su presencia.

—¿Qué te preguntó?

—Lo usual. Qué fue lo que vi, lo que hice en la cueva, lo que tomé. Por último, como si no me diera cuenta de su intención, me preguntó dónde estaba yo el día del crimen. ¿Cómo saberlo si no sé cuándo se cometió?

—¿Le entregaste todo lo que tenías?

—No. Que se las arregle como pueda. Hay cosas que todavía quiero revisar.

—¿No te puede meter en un problema legal eso? Recuerda que estamos hablando de asesinato y que con los policías no se juega.

—No tiene por qué saber que lo tengo. Después le diré que lo olvidé. Pero ahora necesito aclarar algunas cosas. A él no le importa el códice; a nosotros, sí.

—¿Y qué es lo que tienes?

—El teléfono de Emilio y una tanga de Nahia.

—¡Manuel! Eso es serio. Además, ¿por qué tienes la tanga de Nahia? —Había levantado demasiado la voz y se llevó la mano a la boca.

—Estábamos revisando la tienda de Emilio y vi que sacaba algo del saco de dormir y que lo escondía entre sus ropas. Se lo pedí y resultó ser una tanga. Ya aceptó que es de ella y que eran amantes.

—¿Qué más te dijo?

—No pudo decirme nada más. En ese momento llegaron los fiscales y tú nos avisaste para que fuéramos al comedor.

—Y el teléfono, ¿dónde lo tienes?

—Aquí —dijo sacándolo de su bolsillo.

—¡Manuel! Eso no está bien. ¿Está bloqueado?

—Ya lo desbloqueé con el dedo del cadáver y cambié la configuración para que no se bloquease de nuevo.

—¿Ya lo revisaste?

—No.

—¿Y eso?

—No lo sé. Me dio pudor. No creas que me sentí cómodo revisando sus cosas. Era como profanar algo sagrado.

Pero entonces apretó el botón de encendido y la pantalla se iluminó. Se acercó más a ella. El último mensaje era de Nahia, cuatro días antes.

—¿Sabías algo de esto? —Manuel tenía los ojos muy abiertos.

—La otra noche me la encontré llorando cerca de aquí —dijo asintiendo con la cabeza—. Ahí me platicó todo. Parece que él la usó y ella se enamoró. Está embarazada y su familia es muy católica; dice que no la van a aceptar así. Sandra también lo sabe.

—Por eso escondió la tanga. Es un motivo para asesinar. Él la embaraza y la rechaza. Ella, enojada, lo mata.

—¿En verdad crees que Nahia pudo hacerlo? Solo es una jovencita enamorada.

—Nadie está libre de pasiones. El despecho, la desesperación y la angustia pueden hacer de cualquiera un asesino.

—Pero… ¿y el códice? ¿Para qué se lo llevó? ¿Dónde está?

—Esas son buenas preguntas. Todos saben lo que puede valer en el mercado negro.

LAS SOSPECHAS DE EUÁN

Euán tuvo que pasar la noche en un hotel de Oxkutzcab. Durmió mal; por un lado, la cama era incómoda; y, por otro, estaba acostumbrado a dormir en hamaca. Les había pedido a los fiscales, secretario y auxiliar, que se fueran a Mérida con el equipo de criminalística para asegurarse de que los estudios y pruebas salieran con la prioridad que el caso merecía. Él decidió quedarse en el pueblo para estar muy temprano en el campamento e interrogar al resto del personal. La tarde y parte de la noche solo le alcanzó para entrevistarse con el peón que encontró el cuerpo y con el arqueólogo Manuel Rivera. Le daba mala espina ese Manuel. No había encontrado la razón, pero su intuición le decía que sabía más de lo que le había dicho en el interrogatorio; y su intuición nunca se equivocaba. Era lo que lo había llevado durante más de una década a ser el mejor investigador criminal de Yucatán.

No es que se cometieran muchos crímenes en el estado, pero los que le tocaba investigar los resolvía en menos de una semana. Era tal su capacidad, experiencia y fama, que en diversas ocasiones lo habían solicitado los gobiernos de otros estados para coadyuvar en la investigación de crímenes especialmente difíciles. Esas oportunidades habían afilado su olfato profesional; un olfato, por tanto, entrenado y que ahora lo avisaba de que debía desconfiar de Manuel.

A las siete de la mañana ya descendía de su auto en el campamento. La gente estaba terminando de desayunar, así que se dirigió al comedor a saludar a Mayor e iniciar su tarea. Aunque se encontraba un tanto molesto por la mala noche, nada le quitaba su sonrisa y ese aire de ingenuidad que había engañado a tantos criminales.

—Buen día, arqueólogo. —Levantó la mano metros antes de llegar al comedor.

—Buen día. —Mayor no imitó el gesto, pero le devolvió la sonrisa—. ¿No es muy temprano para empezar?

—Lo mismo puedo decirle —replicó; siempre tenía una respuesta apropiada a mano—. Ustedes mismos inician muy temprano y terminan tarde.

Mayor paseó la mirada por los árboles que rodeaban el lugar en busca de algo que añadir.

—Cuanto más temprano se empiece a trabajar en el monte, mejor. El clima de nuestra península no ayuda. A las once de la mañana ya se siente el calor que raja piedras y es muy difícil trabajar en esas condiciones. Empezar temprano y avanzar tanto como sea posible es jugar con ventaja. Las tardes, cuando refresca un poco, las dedicamos al trabajo de gabinete; ya sabe, revisar apuntes, pasar al plano los puntos tomados, escribir en el diario de campo, discutir lo que sea necesario y tomar las decisiones para el día siguiente. Los peones aprovechan para descansar.

Euán se sentó a la mesa frente a su interlocutor.

—Interesante. Y, si es así, por la noche todos están libres, ¿no es cierto?

—¿Ya desayunó? —preguntó Mayor evitando seguir el hilo de la conversación—. Aquí hacen unos huevos con chaya que son una delicia.

Al investigador no se le escapó que el responsable del campamento no había respondido a su comentario.

—Le agradezco, pero comí unos tacos de cochinita en el pueblo. Quiero empezar cuanto antes, como hacen ustedes. Cuanto más avance hoy, mejor. Espero que no le moleste, pero me va a ver por aquí con frecuencia.

—De eso estoy seguro. Sé que es parte de su trabajo, pero a todos nos interesa que esto se resuelva más pronto que tarde. Cuente nuestro apoyo para lo que necesite.

Euán se puso de pie y miró a su alrededor:

—Ya todos están a punto de iniciar su trabajo. Voy a empezar con la española, la chica alta, morena. ¿Cómo se llama? Sandra, me parece.

—Efectivamente, es Sandra. La encontrará en esa parte del campamento, trabajando con la cerámica.

La observó un momento antes de dirigirle la palabra. Se la veía concentrada revisando unos pedazos de barro y distribuyéndolos en diferentes contenedores, según un criterio que solo ella debía entender. Fue haciéndose una idea de lo que podía esperar de la mujer y la saludó con una sonrisa:

—Buenos días. ¿Cómo va todo? Veo que está muy concentrada en su trabajo.

—Buenos días. Todo bien, gracias —correspondió Sandra devolviéndole la sonrisa—. Ya he notado que me observaba. ¿Ha visto algo interesante?

El pensamiento fugaz de que era una mujer muy segura de sí misma le cruzó como un fogonazo. ¿Le pareció también que coqueteaba sutilmente con él?

—Que usted tiene una mente rápida. En ningún momento ha dudado a la hora de decidir en qué contenedor debía poner cada pedazo de barro.

—Es cuestión de práctica. Ya conozco la mayoría de los tipos de cerámica, así que solo con un vistazo los identifico. No es nada del otro mundo.

—Lo dice porque es muy buena observadora y presta atención a los detalles. Si me lo permite, y aprovechando su capacidad de observación, ¿qué puede decirme de la víctima? ¿La conocía bien?

—Era mi amigo y mi colega. Trabajamos juntos en la Complutense. Yo lo quería mucho. —Los ojos de la ceramista se humedecieron levemente—. Compartimos muchas horas de trabajo de campo.

—¿Notó algún comportamiento extraño o inusual en él?

—Lo cierto es que no. Todo era normal. No imagino cómo pensó en robar el códice. Yo creo que han sido los compradores los que lo han matado.

—¿Está usted segura de que él robó el códice?

—No, no. Es decir, ¿quién más pudo haberlo robado? —Tomó un respiro antes de continuar con su respuesta—. Me pareció lo más lógico, pero si usted piensa lo contrario, es usted el que sabe de esto.

—Dígame, ¿de qué hablaron en los últimos días? ¿Qué le dijo?

—Nada en particular, solo asuntos del trabajo. Apenas teníamos tiempo para charlar. Estaba muy ocupado tratando de descifrar la obra.

—¿Y alguno de sus otros compañeros que le haya llamado la atención por algo en particular? ¿Alguien que se haya comportado de forma inusual?

—Nadie. Todo normal... —Hizo una pausa muy breve—. Bueno, Manuel no se llevaba bien con él. Podría decir que eran rivales.

—¿Cuál era el motivo de la rivalidad?

—Marcela, Emilio era un poco mujeriego, ¿sabe? —dijo bajando la voz—. A Manuel le gusta ella —dijo señalando a Manuel que cruzaba por delante de la ventana—. Los dos competían por quién se la llevaba primero a la cama.

—¿Y usted qué papel desempeñaba en todo esto? ¿Intentó ayudar a su amigo a seducir a su compañera?

—¡No, por Dios! ¡Qué cosas dice! Ante todo, soy mujer. Además, ella ya es mayorcita. Sabe lo que hace.

—Dígame con quiénes acostumbraba platicar el difunto. ¿Tenía amigos?

—En realidad, no. Somos…, perdón, éramos compañeros de trabajo. En un campamento como este hay mucha camaradería —iba diciendo sin dejar de clasificar cerámica ni levantar la vista de la mesa—. Su asistente es una estudiante de posgrado, Nahia. La encontrará por ahí. Tal vez ella sepa algo más. Es, perdón..., se me olvida —dijo alzando la mano a modo de disculpa—. Era más cercana a él que yo.

—¿Puede decirme dónde estuvo el día del crimen?

—Como todos, aquí, en el campamento. Normalmente no salimos. Tenemos mucho qué hacer, poco tiempo y menos presupuesto. Solo los sábados por la mañana vamos al pueblo a lavar la ropa. Así que hemos estado aquí todos. Eso creo.

—¿Y para qué querría el códice? ¿Necesitaba dinero? ¿Tenía deudas?

—Hasta donde sé, tenía un buen salario y sus padres le dejaron una herencia considerable. No creo que le hiciera falta el dinero. Ignoro por qué lo hizo. Tal vez porque lo estaba analizando y quien lo mató vio la oportunidad para robarlo.

—¿Cuánto dinero vale ese códice en el mercado negro?

—Mucho. La cantidad exacta no tengo manera de saberla, pero me consta que los coleccionistas pagarían millones por él.

—Dígame, ¿cuándo fue la última vez que vio a Emilio con vida?

—El veintiocho de marzo. Ese día no trabajamos. Hubo una ceremonia maya a la que asistió todo el campamento. Al final comimos y estuvimos de charla toda la tarde hasta la hora de dormir. Al día siguiente no salió de su tienda. Pensamos que estaba cansado porque había trabajado con el ejemplar toda la noche. Incluso su asistente se incorporó al equipo de campo para no molestarlo.

—¿Cuándo descubrieron que no estaba?

—Dos días después, el treinta de marzo, cuando pensamos que ya era mucho lo que había dormido. Fueron a su tienda, la encontraron vacía y empezamos la búsqueda.

—¿A qué hora fue eso?

—Muy temprano. Antes de desayunar.

—Por favor, no salga del campamento. No hemos terminado.

—¿A dónde podría ir? —preguntó poniendo una seductora sonrisa.

Al dejar a Sandra se dirigió a ver a Nahia. La había visto antes con una libreta apuntando lo que le decía Mayor, que estaba haciendo lecturas en el teodolito.

—Disculpe, arqueólogo, ¿me permite a la muchacha un momento? Necesito hablar con ella.

—Desde luego. —Mayor tomó la libreta de campo de las manos de Nahia.

Euán dio unos pasos hacia un árbol cercano que ofrecía una generosa sombra, asegurándose de que la muchacha lo seguía.

—Señorita Nahia, entiendo que usted era la asistente del difunto. Dígame, por favor, ¿cuándo lo vio por última vez con vida?

—El día de la ceremonia maya. Después de terminar la comida nos quedamos hablando, revisando las fotografías que habíamos hecho. Ese día no había que trabajar.

—¿Tampoco trabajó nadie aquí, en el campamento? —Nahia negó con la cabeza—. ¿Tiene idea de qué hicieron?

—Algunos peones se echaron en las hamacas, otros… estuvieron tomando cerveza. Pero nadie se emborrachó. Los arqueólogos estuvimos en el comedor. También tomamos cervezas y comentamos lo que habíamos visto.

—¿Y el señor Emilio?

—No sé decirle bien, pero al rato se levantó. Dijo… que iba a seguir trabajando en el códice. Que aprovecháramos para descansar. Que nos veríamos en la cena. O al día siguiente.

Euán advirtió que le costaba hablar, encadenar las frases. Trataba de dominar la voz, pero le temblaba.

—¿Siempre hacía eso? Es decir, eso de no cenar.

—Cuando estaba muy concentrado…, pedía que le llevaran la cena. —Se detuvo, tragó saliva y prosiguió—: Y sí, también se quedaba sin cenar. En la tienda solía tener bocadillos y agua.

—¿Y no le extrañó que al día siguiente no saliera de ella?

—Hmmm… Ya lo había hecho antes. Cuando trabajaba toda la noche lo veíamos… a la hora de la comida. Entonces le informábamos de lo que llevábamos hecho.

—Pero usted era su asistente, ¿no tenía la costumbre de verificar si se le ofrecía algo o estaba bien?

—No le gustaba… que lo molestaran. Su nivel de concentración era muy alto. Yo… esperaba que me llamara. Y si no lo hacía, me quedaba con los demás haciendo trabajo de campo.

—¿Notó algún comportamiento inusual? ¿Un comentario extraño? ¿Algo que le llamara la atención?

Negó con un movimiento leve de la cabeza.

—Todo era… normal.

Transcurrió media hora de plática con la chica. No obtendría más información de la que ya le había proporcionado Sandra, o no de momento, aunque estaba haciéndose una idea del tipo de persona que era Emilio Barrio. Le quedó la impresión de que la muchacha sufría en silencio, pero lo atribuyó a la cercanía con su jefe.

A las diez de la mañana y en su escritorio en la fiscalía, Euán apuraba un café mientras revisaba sus apuntes de los interrogatorios. Algo no estaba bien. Por alguna razón —no podía explicar con exactitud por qué— tenía la impresión de que el arqueólogo Manuel Rivera no era sincero. Algo ocultaba y su obligación era descubrirlo. Claro que tenía recursos, no en vano era el titular de esa unidad investigadora. Solo necesitaba más información. La rivalidad entre la víctima y Manuel podía ser un móvil. Eran demasiadas las veces que había visto a un hombre perder la razón por una mujer, y Marcela estaba muy guapa, eso había que reconocerlo, además de que se notaba su cercanía a Manuel. Pero algo más debió suceder para que se cometiera un asesinato tan alevoso.

—¿Alguna novedad? —le preguntó al fiscal secretario que se acercaba con varios papeles en la mano—. ¿Qué llevas ahí?

—Informes preliminares de criminalística. Asesinado con un machete hace unos once días aproximadamente. Después nos darán más precisión.

—¿Qué impresión te causaron los arqueólogos?

—Mira, el tal Mayor es un tipo honesto, preocupado por su gente. Sabe mucho, pero como todo intelectual no está muy al tanto del mundo que le rodea. Manuel es un tipo taimado, que no muestra sus sentimientos, pero se fija en todo. Las mujeres son otra cosa. La española, Sandra creo que se llama, es muy amable, abierta, franca, sensible; la yucateca, Marcela, es muy inteligente y tranquila, independiente, capaz de valerse por sí misma.

—¿Y la asistente? —Tomó su libreta y echó un vistazo rápido—. Nahia se llama.

—Una jovencita muy servicial, callada, trabajadora.

—¿Qué te pareció el resto de la gente?

—Hay de todo, pero son los típicos campesinos mayas. Todos hablan maya, son buenos en su trabajo y conocen lo que tienen que hacer. Parece que sentían afecto por la víctima, que lo respetaban, y creen que fueron los aluxo'ob quienes lo mataron por profanar la cueva sagrada. Tienen miedo, pero la figura de Manuel les impone. Lo consideran uno de los suyos, lo admiran y lo respetan.

—¿Crees que Manuel pudo hacerlo?

—No lo sé. Es capaz, pero ¿cuál sería el motivo?

—Deja los papeles en el escritorio. Apenas tenga algo el laboratorio o el forense me avisas. ¿Machete, dijiste? Interesante.

—Pero todos los miembros del campamento tienen un machete.

—Por eso es interesante. Gracias. Estaremos pendientes de los resultados del laboratorio.

El auxiliar se dio la vuelta y se alejó dejando a Euán sumido en sus cavilaciones. Le crecía la certeza de que Manuel escondía algo. Al menos ya había confesado que estuvo solo en la escena del crimen y eso significaba que pudo haber tomado o alterado alguna evidencia, algo que solo haría el autor del crimen o un cómplice. Como todo apuntaba a que el asesinato lo cometió una persona, a que fue un homicidio de oportunidad, Manuel podría muy bien ser el criminal. Era cuestión de probarlo.

El arqueólogo era hermético, pero él, en su desempeño como fiscal, se las había visto con criminales con más sangre fría y experiencia que Manuel, así que sería cuestión de presionarlo para que se soltara a hablar. No lo veía del tipo que aguanta un día en la cárcel sin la seguridad de su territorio y su gente. Le tocaba buscar la forma de detenerlo un tiempo para ablandarlo.

Euán se puso de pie de un salto, miró hacia el secretario y el auxiliar y les dijo:

—¡Vamos! Tenemos que regresar al campamento.

Al caer la tarde, después de revisar las notas que había tomado en una nueva libreta de campo, Manuel se sentía incómodo. No hacía más que pensar acerca del crimen. Las autoridades habían tomado cartas en el asunto, pero la responsabilidad de recuperar el códice la hacía suya. Reanudaría su charla con Nahia.

Salió de la tienda cuando el sol ya estaba bajo y el aire mecía los arbustos y las ramas del yaxché. Se oían murmullos y, de fondo, la guitarra desgranando notas tristes, aunque la melancolía era un sentimiento que Manuel desconocía.

—¡Nahia, Nahia! Buenas tardes… ¿Puedo entrar?

—Adelante, Manuel. ¿Qué tal? —La muchacha estaba sentada en su bolsa de dormir. Los ojos enrojecidos y un velo azulado en los párpados revelaban que había llorado.

—Tenemos una plática pendiente. Cuando te pregunté por qué escondiste la tanga no obtuve respuesta. —Hizo una pausa muy breve para darle tiempo de asimilar sus palabras—. Nahia, he visto el mensaje que le enviaste a Emilio por teléfono esa noche. Según mis cálculos, tú fuiste la última persona que lo vio vivo. Discutieron, te rechazó, perdiste la razón, lo mataste y escondiste el códice para que pareciera un robo.

Observó el rostro demudado de la española: la frente se le plegó en finas arrugas y los labios hicieron un mohín desconsolado. Las lágrimas afloraron y lloró estremecida, cubriéndose la cara con las manos.

Manuel se preguntaba si aquel llanto era una confesión, miedo o dolor por la ruptura amorosa y la muerte del hombre amado. O mera crisis nerviosa. Se quedó mirándola, esperando que reaccionara. No podía mostrarle piedad porque de ser la asesina perdería lo que él consideraba su ventaja ante la oportunidad de esclarecer el crimen y de recuperar el códice.

—Muy bien, aceptas que tú lo mataste. Nos vamos entendiendo. —Ella mantenía su llanto entrecortado—. No tiene caso que lo niegues, solo dime dónde está el códice.

Un nuevo episodio de llanto le indicó que no obtendría respuesta por ese camino. La muchacha estaba realmente histérica y era incapaz de controlarse.

Buscaba un nuevo ángulo de enfoque para hacerla confesar, cuando ella alcanzó a decir, entre lágrimas y con voz desgarrada:

—¡No es cierto! ¡Yo no lo maté! ¡Yo lo amaba!

—Pero lo amenazaste por teléfono. Yo lo vi.

—¡Es mentira! ¡Solo le pedí que no me dejara sola con el niño!

—No es eso lo que dice el mensaje que le enviaste por teléfono.

Antes de que pudieran continuar, sonó la voz de Sandra:

—¡Déjala en paz! —La tela de la tienda se abrió para dejarle paso y tomó entre sus brazos a Nahia—. No tienes derecho a tratarla así ni tienes derecho a acusarla. ¡Déjala! ¡Vete de aquí!

Abandonó la tienda enojado por su fracaso y fastidiado por no haber reparado en la presencia de Sandra. ¿Cuánto había escuchado la ceramista? ¿Qué sabía?

¿HAY UN ASESINO ENTRE NOSOTROS?

Eran las cuatro de la tarde. La comida acababa de terminar, pero seguían en el comedor, platicando de los recientes acontecimientos. Manuel escuchaba a Sandra, que comentaba su entrevista con Euán, cuando vio que el auto del detective entraba al campamento.

—Hablando del rey de Roma… —dijo aludiendo al viejo refrán en tanto que el fiscal descendía del vehículo.

—Está haciendo su trabajo. Nos avisó de que estaría aquí mientras dure la investigación —intervino Mayor en tono conciliador.

—Espero que haya avanzado algo. —Manuel no ocultaba su antipatía por Euán—. Estas investigaciones son incómodas para todos.

—Es muy educado y tiene paciencia. A mí me agrada —terció Marcela en tono festivo—. Solo tenemos que responder a sus preguntas.

—Muy buenas tardes —saludó Euán y los presentes respondieron al saludo. Casi todos. Dirigiéndose al único que se había mantenido callado, dijo—: Manuel, lo veo silencioso. ¿Todo está bien?

—Igual que siempre. —No pudo evitar la frialdad en su respuesta.

—Mayor, mis compañeros van a recoger todos los machetes del campamento. ¿Podría ver que alguien los apoye para que no tengan problemas? —Se acercó a Manuel y le dijo—: Necesito hablar con usted. ¿Dispone de algún lugar privado en el que podamos estar sin que nos molesten?

—En mi tienda.

Caminaron sin dirigirse la palabra. Una vez dentro, Manuel se sentó en el único banco que había, demostrando cierta hostilidad hacia el fiscal, que se acomodaba en el piso sin perder la sonrisa. No se perturbaba por nada y eso al arqueólogo lo sacaba de quicio.

—Mire, Manuel, evitemos perder el tiempo. Está claro para mí que usted no me ha dicho todo lo que sabe. Debe contarme qué oculta. Qué encontró en la cueva y en la tienda de la víctima. No siga negándolo.

—Ya le he dicho lo que sé. No tengo idea de qué es lo que quiere que le diga.

—He revisado sus fotografías y sus apuntes. Un trabajo muy minucioso. Se nota que es un profesional, pero veo también que le interesó más el cadáver que el códice. —La afirmación fue directa—. Yo sé que ustedes, los arqueólogos, darían la vida por un descubrimiento como ese; sin embargo, en este caso usted no hizo gran cosa por buscarlo. Lo dejó ir.

—Esa es una acusación sin fundamento. Desde luego que me preocupa el códice, pero no es más importante que la vida de un compañero. Si cree que soy una máquina de trabajar, sin sentimientos, está muy equivocado. Soy un ser humano, como cualquiera.

—Pero en...

—No he terminado, por favor, no me interrumpa. Permítame aclararle que mientras tomaba fotografías y apuntes también buscaba el códice, pero no lo encontré. No hay un lugar en la escena del crimen donde pueda estar escondido.

—¿Está usted diciendo que manipuló en cadáver en busca del códice? —Manuel se dio cuenta tarde de su error—. Entonces alteró intencionalmente la escena. Eso es un delito. ¿Qué fue lo que tomó del cadáver?

—No ponga sus palabras en mi boca. Yo no he dicho eso. No tomé nada de la escena del crimen.

—Es lo que usted dice, pero todo apunta a que está entorpeciendo la investigación y a que oculta la verdad.

—Eso tendrá que probarlo.

—Es mi trabajo.

—Pues hágalo. ¿Es todo? ¿Hemos acabado?

—No tan de prisa. Usted revisó la tienda y la desordenó. Alteró las pruebas. ¿Qué encontró ahí?, ¿qué tomó? Deme los detalles de cómo estaba la tienda ese día.

—Debería revisar sus propias notas y sus grabaciones. Ya se lo expliqué.

La molestia de Manuel era creciente, pero no estaba dispuesto a dejarse ganar en ese duelo de fortaleza mental.

—Quiero que me lo repita con todos los detalles.

—Como guste: el interior estaba como siempre; los papeles, en su mesa de trabajo, junto a la computadora; la mochila, con sus cosas personales; en los bolsillos de la tienda, los artículos de higiene personal y la cartera, que dejé sobre la mesa, donde la encontraron ustedes al llegar. En los papeles no hallé nada que me diera un indicio de qué pudo haber pasado. Si desea corroborar mi versión, hable con Nahia. Ella me acompañó en todo momento. —Estaba seguro de que Nahia no mencionaría la tanga ni el teléfono para no incriminarse.

—Tenga la certeza de que lo haré. —Euán, por una vez, perdió la sonrisa—. Ahora dígame qué es lo que oculta. Es su oportunidad de salir bien librado de esto. La cárcel es un lugar terrible.

—Ya le he dicho todo lo que sé —dijo ignorando la amenaza—. No oculto nada.

—De eso, tengo mis dudas. Usted tenía sus problemas con el muerto. Eran rivales de amores. Eso es un buen motivo para asesinar.

—¿Qué dice? ¿Está loco? ¿De dónde sacó esa idea? —Ahora sí se desconcertó por la acusación, pero no flaqueó.

—¿Va usted a negar que el hombre era un mujeriego?

—No lo voy a negar ni lo voy a afirmar. Ese no es asunto mío y de eso no estoy enterado.

—¿Es cierto que él y usted pretendían seducir a la misma chica?

—Está usted fuera de control. Eso no es cierto. No sé de qué chica me habla.

—Los dos querían acostarse con su compañera Marcela. No lo puede negar. Los he visto juntos y se nota que hay algo más que simple amistad.

—Está usted difamando el honor de una dama. ¿Qué se cree? Respétela.

—No estoy hablando de ella, sino de usted. No pongo en duda el honor de la señorita, pongo en duda las intenciones de ustedes dos, las de la víctima y las suyas.

—Pues se equivoca de cabo a rabo. No hay nada entre Marcela y yo. Somos compañeros de trabajo, colegas, amigos. Nada más.

—Pero no niega que el hombre quería seducirla y usted, en un intento de defender el honor de su amiga lo confrontó, las cosas se salieron de control y lo mató.

—Eso tendrá qué preguntárselo al cadáver. El único hecho es que no maté a nadie.

—¿Entonces por qué manipuló la escena del crimen y la tienda? ¿A quién protege?

—A nadie. Hice lo que tenía que hacer. Primero, me acusa de haber asesinado a mi compañero; ahora, de encubrir a un asesino. Póngase de acuerdo con usted mismo.

—Tengo muy claras mis ideas. No puede ir a ningún lado. Volveré por usted.

—No se preocupe, aquí estaré —dijo poniendo especial énfasis en las dos últimas palabras.

Manuel, con el ceño fruncido, lo vio salir. El hecho de que hubiera sido tan agresivo denotaba que tenía sospechas. ¿Por qué lo habría acusado de matar a Emilio para seducir a Marcela? ¿Cómo era que lo hacía sin tener fundadas razones para ello? ¿De dónde habría sacado la idea de que eran rivales de amores? Tenía que apresurarse a encontrar el códice y averiguar quién era el asesino antes de que Euán lo metiera en un problema serio.

Cuando Euán salió su mente analizaba con rapidez lo que acababa de pasar. Su sospecha de que el arqueólogo ocultaba algo era más fuerte a cada momento, pero no lograba descubrir ningún indicio que le indicara en qué enfocarse. Tendría que cambiar la perspectiva. En eso estaba pensando cuando vio a Sandra en el comedor, sentada, tomando un refresco. Dirigió sus pasos hacia ella. Con frecuencia hacía eso, dejarse guiar por el instinto.

—Hola, señorita, ¿cómo está usted? La veo muy sola.

—Hola, ¿qué tal? Estoy bien, tratando de mitigar un poco el calor del día. ¿Cómo le ha ido con Manuel?

—La investigación va avanzando, pero hay todavía mucho trabajo por hacer. El ambiente entre ustedes es muy especial y qué duda cabe que tienen un trabajo muy interesante. Necesitan mucha paciencia.

Se sentó frente a ella, mirándola directamente.

—¿Quiere un refresco o prefiere agua? —le ofreció ella.

—Agua está bien. Muchas gracias.

No dejó de mirarla cuando se dirigió a la nevera. Recorrió sus ciento setenta centímetros de estatura desde las botas empolvadas hasta el ondulado cabello oscuro que le acariciaba los hombros, e hizo un breve receso en su bien formado trasero, que la mezclilla del pantalón corto no lograba disimular. Se movía como si estuviera danzando para él, con armonía, sensualidad, tentándolo a distraerse de su objetivo.

—Tenga. Sí, es cierto, hay que tener paciencia con este trabajo. Supongo que es igual en otros contextos. No imagino a un cirujano impaciente o a un detective de la policía impetuoso.

—Es usted muy inteligente —apuntó con una sonrisa más amplia aún que la habitual en él—. Es cierto lo que dice: mucho mejor ser sosegado.

—¿Ve? En todo necesitamos paciencia —respondió ella sonriéndole abiertamente.

Euán no apartaba la mirada de su tez blanca contrastando con el marco oscuro de su cabello, que hacía más luminosa la obsidiana de los ojos. Su labio superior ostentaba un pequeño lunar cerca de la comisura izquierda, que parecía esconderse cuando ella reía.

—Dígame, además del códice ese, ¿qué otra cosa han descubierto aquí?

—En realidad, nada espectacular. Estamos haciendo el mapa del sitio, excavando en algunos lados para encontrar elementos que nos permitan poner fechas a las estructuras, además de ver las etapas constructivas. Cosas así. Tomamos nota de todo lo que podemos. Después, en nuestros gabinetes o en el laboratorio, dedicamos tiempo a analizar lo que encontramos.

—Es interesante. La arqueología es una profesión que requiere espíritu de aventura —no dejaba de mirarla mientras jugueteaba con el bote de agua— porque el trabajo que hacen en el campo entraña algunos peligros, ¿no es cierto? Supongo que aprenden a desarrollar espíritu de equipo y a confiar unos en otros.

—Así es, tenemos que apoyarnos entre nosotros, pero también hay encuentros y desencuentros, como en toda comunidad humana.

—En donde hay personas, hay de todo. Aunque se tiende a confiar más en los que conviven con uno día a día. Los vamos conociendo y dejamos que se acerquen.

—Es normal que la convivencia genere confianza.

—¿Con quién tiene usted más confianza aquí?

—Con todos. Mi relación con mis compañeros no discrimina a nadie. Claro que hablo un poco más con las chicas; supongo que es normal. Pero no desconfío de ninguno de ellos.

—¿Qué tanto puede decirme de Manuel?

—No mucho más que lo que le comenté la vez anterior. Es una persona dedicada al trabajo; le gusta lo que hace y sabe mucho de la cultura maya. Los trabajadores lo respetan mucho y lo aceptan como uno de los suyos. Lo escuchan y confían en él. Mayor lo tiene en muy alta estima, además de que es su amigo desde hace tiempo. Eso sí: habla poco. Digamos que no es muy comunicativo y que no acostumbra expresar sus sentimientos. Lo he visto andar solo, incluso tarde por las noches. Pero no puedo decirle nada de su familia o de sus amigos. Tampoco lo he visto reír o decir bromas. En fin, diría que un tipo aburrido. No le ha contado mucho, ¿eh?

—¿Diría que es un tipo ambicioso o sin escrúpulos?

—No tanto, pero no sé qué es lo que pasa por su mente. ¿Ya le ha entregado el teléfono de Emilio?

—¿Cómo es que sabe usted eso? —El dato lo tomó por sorpresa, pero no demostró emoción alguna.

—Se lo oí comentar, pero mejor pregúntele. Le puede sorprender.

Euán guardó silencio. Estaba valorando a la mujer. En dos ocasiones ya le había proporcionado información de Manuel que él no conocía. ¿Por qué lo haría? ¿Estaba interesada en ayudarlo por amor a la justicia? ¿Era lealtad a la víctima?

—¿Qué más?, ¿qué más puede decirme? —preguntó inclinándose un poco hacia ella, como para animarla a hablar.

—Nada más. Creo que Manuel está haciendo su propia investigación —dijo bajando un poco el volumen de voz, como quien confía un secreto—. Ignoro por qué no lo quiere decir, pero es posible que tenga el códice o que lo esté buscando por su cuenta.

—¿Qué le hace pensar eso? —También él bajó el volumen y acercó su cara a la de ella—. ¿Qué vio o escuchó para pensar eso?

—Lo he visto presionar a Nahia, la asistente, para que le dé información que él cree que tiene.

Euán levantó una ceja, movió la cabeza asintiendo y se acomodó en su silla. Tomó un trago largo de agua, dando tiempo para que la información recibida se procesara en su cerebro. Volvió a dirigirse a ella de nuevo.

—Ha sido usted muy útil y se lo agradezco mucho. —En ese momento entraban sus compañeros y se acercaban a ellos. Añadió—: Creo que ya terminaron de recoger todos los machetes.

—Todavía nos falta uno. El suyo, señorita —dijo a Sandra el fiscal secretario cuando Euán ya se ponía de pie.

—Está en mi tienda. Vamos por él.

Aguardaron en la entrada, pero no salían ni ella ni el machete.

—Señorita Sandra, ¿le pasa algo?

—No está donde lo dejé —dijo. Y salió de la tienda con el rostro tenso—. No lo encuentro. Acompáñenme a la ceramoteca, por favor. Puede que me lo dejara allí.

El laboratorio de clasificación y marcado de cerámica estaba en penumbra, pero la luz de las lámparas iluminaba lo suficiente para ver con claridad. Sandra buscó entre algunas cajas, un par de costales, una mochila de cuero, una chamarra de mezclilla y algunos otros enseres personales, pero el machete no estaba allí.

—¿Dónde lo vio por última vez? Haga memoria.

—Aquí, junto a mi mesa de trabajo. Lo dejo colgado siempre aquí, en este poste. Todos lo saben. Como no voy al campo, no lo necesito —decía sin dejar de revisar las cajas y los rincones—. Si alguien necesita un machete, viene y lo coge, sin necesidad de pedirlo. Cuando ya no lo necesita, lo devuelve a su sitio. Yo no lo uso para nada.

—Recuerde cuándo lo vio ahí por última vez, por favor.

—No lo sé con seguridad. —Se plantó frente a los hombres, con las manos en la cintura, los pies entreabiertos y la barbilla levantada—. No es algo en lo que ponga atención, la verdad. Tal vez dos o tres días, pero no sé decirle con certeza.

—No puede ser que...—Euán no pudo terminar la frase porque un peón lo interrumpió.

—Disculpe, jefe, ¿esto es lo que buscan?

Tenía el machete en la mano derecha, levantado hasta la altura del pecho.

—¡Mi machete! —exclamó Sandra—. ¿Dónde estaba? ¿Quién lo tenía?

—Lo encontré en el monte, cerca del cenote. Pensé que alguien lo había olvidado allí, así que lo guardé en la bodega. Pensé que el dueño preguntaría por su herramienta, pero nadie lo hizo.

—¿Cuándo lo encontraste? —preguntó Euán al peón.

—El día que salimos a buscar al patrón, cuando nos dijeron que había desaparecido.

Euán sacó su pañuelo, tomó el machete con cuidado de no tocarlo con la mano, se lo entregó a sus compañeros y se dirigió a su vehículo.

Al poco, dirigió sus pasos hacia la tienda de Mayor, que los observaba de pie a la entrada. Era un poco tarde, pero no importaba: él tenía que resolver un crimen. Estaba acostumbrado a trabajar a deshoras y las condiciones laborales no le preocupaban mientras su mente se mantuviera ocupada y su cuerpo sostuviera el ritmo.

—¿Qué tal, Mayor? —saludó.

—Aquí, observando su labor. Es usted concienzudo.

—Y sé que es incómodo para ustedes, pero vamos avanzando. Hace mucho que no tenía oportunidad de contemplar un cielo tan hermoso —dijo como quitando solemnidad al encuentro—. Lo cierto es que este trabajo es demandante, que la maldad humana no descansa.

—Así que usted se considera parte de los buenos —dijo Mayor intentando hacerle bajar la guardia.

—No lo sé, eso no es lo importante. Lo que importa es que alguien tiene que hacer lo que hago si la sociedad quiere vivir segura.

—Siempre habrá crímenes. Es parte de la naturaleza humana. Mientras los hombres no asumamos que el valor más importante es el respeto, seguiremos violentando los derechos de los demás, incluyendo el fundamental derecho a la vida.

—Así es, en efecto —concedió Euán mostrándose conciliador—. Ya lo dijo el Benemérito: «Entre los individuos como entre las naciones, el respeto al derecho ajeno es la paz».

—Sabias palabras.

—Dígame, Mayor, ¿usted considera correcto que Manuel haya alterado la escena del crimen?

A Mayor le sorprendió la pregunta y lo miró a la cara.

—Hasta donde yo sé, no la alteró. Se limitó a levantar un registro de cómo estaba cuando entramos para preservarla mientras ustedes llegaban.

—Eso es lo que dijo, en efecto. —Euán adoptó un tono de voz casual—. Ustedes son muy buenos investigadores, pero no son criminalistas. Además de que él no tenía por qué hacerlo. Pudieron poner una guardia a la entrada de la cueva.

—Yo le pedí que lo hiciera. Al no estar Emilio, yo soy quien está a cargo del proyecto. Mi intención era avanzar un poco antes que ustedes llegaran. No pensé que los veríamos tan pronto —dijo encogiéndose de hombros; y añadió levantando las cejas—: Es de todos sabido que la policía no es muy expedita cuando se la requiere. ¡Ah! Siempre tienen demasiado que hacer y demasiado poco personal. Nos sorprendió verlos llegar tan pronto.

—Es cierto que hay sobrecarga de trabajo, pero el tipo de crimen define prioridades. En nuestro estado, son pocos los homicidios.

—Es cierto, y también es cierto que casi todos se resuelven en un lapso breve.

—Así es; tenemos un gran equipo de profesionales. Los criminalistas son de lo mejor, preparados para usar lo último en tecnología; y nuestros investigadores también están muy capacitados, así que no entiendo por qué esa actitud, a no ser que haya otra intención.

—¿Está usted insinuando que tenemos algo que ocultar? —Mayor frunció el entrecejo y levantó algún decibelio el tono de voz.

—No insinúo nada; solo trato de comprender los hechos. La evidencia y el análisis nos darán la verdad.

—Pues continúe con su trabajo. Al menos, hasta donde yo sé, no tenemos nada que ocultar.

—Pero el asesino sí. Y parece que es parte de su equipo.

—Se me hace difícil creer que uno del equipo haya hecho eso. Tal vez alguien que estaba ahí por casualidad vio la oportunidad de robar el códice, Emilio se resistió y lo mataron.

—En ese caso, habría otras huellas en la cueva, pero solo estaban las de usted y las de su equipo.

—¿De veras me está diciendo que hay un asesino entre nosotros?

—Solo le digo que voy a encontrar al criminal. Eso téngalo por seguro. —Miró a sus compañeros, que esperaban en el vehículo—. Y ahora, si me disculpa, tenemos que llevar los machetes al laboratorio. Tenga buenas noches, Mayor.

—Buenas noches —respondió Mayor. Las últimas palabras del fiscal le habían sonado como una amenaza.

LA DETENCIÓN DE MANUEL

En la mañana del día siguiente, Euán tenía ya una idea clara de lo que debía hacer; solo le faltaba definir algunos detalles. En ningún caso permitiría que Manuel se le escapara.

Estaba tomando un café en su escritorio y revisando apuntes a la vez que tomaba nota en la computadora y reexaminaba la información que había obtenido de Sandra: Manuel era rival de Emilio por causa de Marcela; tenía el celular del muerto y lo había ocultado; manipuló la escena del crimen y la tienda campaña; no dijo nada del códice. Contaba con elementos suficientes para acusarlo de obstrucción a la justicia y eso le permitiría detenerlo para presionarlo más, lo suficiente para quebrarlo y que confesara o delatara a su cómplice.

Cuando más absorto en sus pensamientos estaba, sonó el teléfono. Era su jefe. No respondió y se dirigió a la oficina del superior.

—Buenos días, señor.

—Buenos días, Euán. Dime, ¿qué pasó ayer en el campamento? Estoy enterado de que trajeron unos machetes al laboratorio.

—Efectivamente, así fue. El forense nos informó de que el arma homicida fue un machete y los trajimos todos. Estoy seguro de que alguno dará positivo a sangre humana.

—Muy bien. ¿Cuándo tendrán los resultados?

—Entre hoy y mañana —dijo el fiscal—, si no sale algo más urgente. Por cierto, necesito autorización para arrestar a Manuel Rivera Pech.

—¿El arqueólogo del que dices que manipuló la escena del crimen? —preguntó frunciendo el ceño— ¿De qué lo acusas y con qué pruebas cuentas?

—Estoy convencido de que tiene algo que ver. Si no es el asesino, lo está encubriendo. Necesito tenerlo encerrado un tiempo para que se quiebre y confiese. Lo voy a acusar de obstrucción de la justicia y de encubrimiento. De hecho, nunca negó que hubiera manipulado la escena del crimen.

—Eso no es nada más que tu percepción. Sabes bien que con ese argumento no vas a convencer a nadie. Y menos, a un juez.

—Tengo evidencia de que tiene en su poder el teléfono de la víctima y no solo no lo ha entregado, sino que ni siquiera lo ha mencionado.

—¿Tienes evidencia o sospechas? —La voz del funcionario sonó como acero frotado contra una piedra.

—Tengo la información exacta de una fuente confiable —contestó con el mismo tono, mirando a su jefe sin parpadear.

—No es suficiente. Su abogado se va a burlar de ti. Vas a hacer el ridículo. Eso, suponiendo que logres encontrar un juzgado que te emita la orden.

—Lo sé. Pero necesito ver ese teléfono. Voy a obtener una orden de cateo y, si tiene el teléfono consigo, lo detendré por obstrucción a la justicia. No creo que aguante la presión de un interrogatorio aquí. Jamás ha tenido problemas con la ley y es muy respetuoso de la norma. En la universidad me comentaron que es muy cumplido y puntual, así que el verse detenido le romperá los esquemas y derribaremos sus defensas.

—Sabes que un error puede tener consecuencias. Si es inocente, te van a caer los de Derechos Humanos, los de la universidad y todos los enemigos políticos del gobernador. No creo que al fiscal general le agrade que pongas a la institución en evidencia. No dirán «Euán la cagó». Dirán «el gobierno es un violador de los derechos humanos».

—Está claro. Si alguien tiene que pagar por mis errores, seré yo. No espero que me cubran, pero tampoco ser el chivo expiatorio de los errores de nadie. Usted sabe que no trabajo bajo consignas políticas. Soy un profesional y mi trabajo lo demuestra.

Euán apoyó los puños en el escritorio de su jefe mientras pronunciaba las últimas palabras como una necesidad de afianzar su dignidad.

—Bueno, está bien. Solicita una orden de presentación y lo mantienes aquí. Tú sabes cómo hacerlo. Ya lo dijiste: eres un profesional y conoces el procedimiento. No olvides mantenerme informado de todo lo que hagas.

Euán salió de la oficina de su superior concentrado en sus próximos pasos. Sabía que estaba pisando terreno peligroso. Si se equivocaba y el tal Manuel se quejaba, podía perder su trabajo y, en caso extremo, hasta podría ser detenido. Sin embargo, estaba convencido de que su decisión era la correcta. No se detendría hasta ver en la cárcel al asesino.

Manuel llegó al comedor al mismo tiempo que Sandra y Marcela, tomó asiento en la misma mesa que ellas. Se aplicaba a ponerle salsa picante a una tortilla cuando los vehículos de la fiscalía entraban al campamento. Le llamó la atención el hecho de que les acompañara una camioneta de la Secretaría de Seguridad Pública con varios policías uniformados a bordo.

—Tienen el hábito de llegar a la hora de la comida —comentó mientras enrollaba su tortilla para hacerse un taco—. Tal vez les gusta lo que comemos. ¿Por qué habrán traído uniformados?

—Ya lo veremos; solo hay que esperar —respondió Marcela.

—A lo mejor aprovechan que todos estamos en el comedor y no tienen que estar buscándonos. —A Manuel le pareció percibir cierto extraño acento en la voz de Sandra.

De forma instintiva, deslizó la mano derecha hasta el bolsillo del pantalón para asegurarse de que el teléfono todavía estaba ahí. Lo apretó un poco al tiempo que veía a Mayor ocupar su lugar en la mesa.

—Ese Euán está en proceso de formar parte del inventario del campamento —dijo Mayor. Manuel no se tomó la molestia de sonreír ante la broma.

—Son más de los que habitualmente vienen. ¿Habrá alguna novedad en la investigación?

Los fiscales, seguidos de los agentes uniformados, entraron al comedor y Manuel apretó discretamente los labios cuando se detuvieron frente a él.

—Manuel Rivera —Euán le extendía un papel frente al rostro—, tengo una orden de cateo de su tienda y de su persona. Por favor, colabore con nosotros y todo saldrá bien. Póngase de pie.

Ante el imperativo de Euán, Manuel sonrió con frialdad y sin apartar los ojos de la cara que tenía delante, se movió despacio para hacer lo que le indicaba.

—Usted sabe cuál es mi tienda. Puede entrar con confianza, no tiene llave —replicó con sorna.

Entretanto, su mente trabajaba a toda velocidad buscando una coartada para el teléfono de Emilio, pero tuvo que darse por vencido. Miró hacia la mesa donde estaba Nahia que lo observaba atónita; nadie se daba cuenta de su palidez, de que tenía la boca abierta y los ojos fijos en la escena. Solo él. ¿Estaría pensando en el episodio de su tanga? ¿Tendría miedo de que la involucrase en el asesinato para salvarse él?

—Saque todo lo que tenga en los bolsillos y póngalo sobre la mesa.

Con deliberada parsimonia, fue sacando las cosas de los bolsillos, tomando su tiempo en acomodar cada cosa sobre la mesa: un pañuelo, un bolígrafo, una libreta de notas, un paquete de goma de mascar, una hoja de papel bien doblada, una cartera, un teléfono celular, una llave de camioneta, un flexómetro, otro teléfono celular.

Manuel sentía la mirada de todos sobre él. Sabía que solo tenía que hacer algo imprevisto, como empujar al fiscal, por ejemplo, y los trabajadores lo protegerían y sacarían de ahí, pero también era consciente de que los metería en problemas y podía haber derramamiento de sangre. No expondría a su gente. Lo habían atrapado; aguantaría todo lo que pudiera.

La mirada de Euán se dirigió a los teléfonos que había depositado en la mesa.

—¿Cuál de esos dos teléfonos es el suyo?

Señaló el que le pedían. Uno de los agentes tomó el otro aparato y se puso a revisarlo usando guantes de goma. El agente le mostró la pantalla del teléfono a Euán bajo la atenta mirada de Manuel, que no mostraba indicio alguno de inquietud.

—Ponga las manos en la nuca —le ordenó Euán, que se colocó a sus espaldas y lo esposó—. Está usted arrestado por sustraer evidencia de la escena del crimen y ocultar información pertinente para la investigación.

Manuel pasó la mirada por cada uno de los rostros de sus compañeros, todos con el asombro impreso en ellos. Nahia fue la primera en reaccionar. Se acercó al grupo de agentes y los increpó.

—¿Por qué lo arrestan? ¿De qué lo acusan?

—Señorita, por favor, apártese y no interfiera —dijo Euán.

—No te preocupes, Nahia, todo va a estar bien —la tranquilizó Manuel.

Al hombre se le subió la sangre a la cabeza cuando vio que uno de los agentes apartaba a la muchacha. En el momento en que lo llevaban sujeto de los brazos al auto, oyó la voz de Euán que daba instrucciones a sus subalternos.

—Esa es su tienda, revísenla a fondo, tal vez oculte algo más. Nos vemos en la fiscalía.

El auto se deslizaba por la carretera, rumbo a las instalaciones del Complejo de Seguridad Pública de Yucatán y Manuel repasaba sus opciones. Decir todo lo que sabía era aceptar que había entorpecido la procuración de justicia, lo que agravaría su situación. Nunca había estado en la cárcel ni se había encontrado en problemas con la ley, pero tenía idea de lo que significaba eso. Ya no estaba tan seguro de que Nahia tuviera algo que ver con el crimen, pero sabía que el teléfono la involucraba. ¿Culparía a la muchacha en un intento de ayudarse a sí mismo? Desechó la idea de inmediato; no estaba en su naturaleza sacrificar a los demás para obtener ganancia.

Pero su mente no se detenía ni paraba de dar vueltas. Se acordó de su madre: no soportaría verlo en la cárcel. ¿Perdería el respeto de sus alumnos? ¿Perdería su trabajo en la universidad? ¿Volvería a trabajar en algún proyecto de campo? ¿Y si el asesino escapaba mientras la policía se entretenía con él? No dudaba de su capacidad de adaptarse al encierro, pero su carácter libre podría traerle problemas con los otros presos. No conocía abogados penalistas que lo pudieran defender. ¡El códice! ¿Habría desaparecido para siempre? ¿Lo podrían recuperar?

No dudaba ni por un momento de que saldría libre, pero ¿cuándo?

El tiempo transcurría, los rostros desconcertados de los compañeros pasaban frente a sus ojos acompañándolo en su viaje al encierro. ¡Encierro! Esa era la clave: Euán no solo lo quería encerrado, sino que lo iba a presionar. Presumía que el interrogatorio sería muy duro y debía prepararse para resistir; debía blindar su mente ante la presión sicológica y física. Debía resistir. Si se quebraba, estaría perdido. No lo soltarían.

Luchó por desechar las oscuras ideas que lo invadían, los pensamientos más aterradores sobre lo que podía pasarle. La incertidumbre le hacía concebir escenarios tan trágicos como la posibilidad de que lo violaran los reos o lo asesinaran. O la de desaparecer para siempre en una celda oscura.

Se propuso controlar su respiración. Calmarse. Dejar que las cosas fluyeran. Controlar solo lo que estaba bajo su control, que no era otra cosa que él mismo, y dejar que discurriera lo que no podía controlar.

Poco a poco, recuperó el dominio de sí mismo y logró calmar su mente. Aprovechó el resto del viaje para analizar el conflicto con frialdad. Tanto se calmó, que cayó dormido la última parte del viaje.

La puerta del auto, al abrirse, lo despertó.

—¿Estuvo cómodo el viaje?

La sorna con que Euán preguntaba lo hizo sonreír.

Manuel miró una vez más el reloj que estaba frente a él en la pared: marcaba las diez y veinticinco de la noche. Ya llevaba cuarenta minutos encerrado en un cuarto vacío, excepto por el reloj y dos sillas, una de las cuales era la que él mismo ocupaba. Repasó en su mente los acontecimientos desde que llegaron a las instalaciones de la fiscalía. Lo habían sacado del auto sin rudeza pero sin cortesías, y después de llevarlo ante una ventanilla donde recogieron todas sus pertenencias, salvo la ropa que llevaba puesta y a cambio de un recibo que amparaba lo incautado, lo introdujeron en la minúscula habitación, lo esposaron a la silla y, al parecer, se olvidaron de él.

Volvió a sopesar su situación para ratificar que estaban tratando de ponerlo nervioso, de debilitar su fuerza de voluntad, de someter su mente para que dijera lo que Euán quería escuchar. No les daría el gusto de verlo rendirse. Se relajó y se dispuso a esperar. Extrañamente, no se sentía cansado ni nervioso, solo un poco desconcertado, pero tampoco permitiría que sus captores lo supieran.

A las once cuarenta y cinco minutos se abrió la puerta y entró un oficial uniformado que le ofreció un vaso con agua y una torta de jamón y queso. Entendió que esa sería su cena, así que la comió mascando despacio y se bebió el agua a pequeños sorbos.

Diez minutos antes de la una de la madrugada, entró Euán, lo miró y se sentó en la otra silla, frente a él, muy cerca. Manuel vio las gotas de sudor en la cara del fiscal y se fijó en su barba, que ya necesitaba una rasurada. Le sostuvo la mirada con intención de retarlo, de provocarlo, de demostrarle que no podría con él a pesar de tenerlo detenido.

—Ya revisamos el teléfono y ahora están revisando sus cosas. Usted sabía que Emilio tenía un romance con su asistente, que la embarazó y que un día antes de su muerte la rechazó. Eso puede ser un móvil. ¿Por qué ocultó esa información cuando hablamos?

—No me lo preguntó.

—No se equivoque; esto no es un juego. Está usted metido en un buen problema. Cuanto antes coopere con nosotros, mejor le irá. Diga todo lo que sabe y ayúdenos. Creo que usted no es un asesino, pero está encubriendo a alguien. ¿Quién es? Dígamelo.

—No sé de qué me habla.

—Usted manipuló la escena del crimen. ¿Por qué tomó el teléfono del asesinado?

—Eso es lo que usted dice.

Manuel evitó responder las preguntas; nada más lejos de su intención que autoinculparse.

—Eso es lo que dicen los hechos. No sea necio ni siga negando lo innegable. Tenemos las evidencias: el teléfono estaba en su bolsillo. Usted no lo notó, pero todo se filmó como evidencia.

Tres horas después, la situación no había cambiado. Euán seguía presionando y Manuel se limitaba a responder con evasivas, monosílabos o movimientos de cabeza.

A pesar del cansancio, resistía. No se dejaría vencer por ese policía sonriente. Por su rostro cansado, dedujo que el fiscal tampoco había dormido; pensó que el suyo debía verse peor, pero resistiría lo que fuera necesario. El interrogatorio tenía que terminar en algún momento. Era ilegal la tortura, tanto física como sicológica.

Eran las nueve de la mañana cuando Euán lo dejó en paz. Estaba sorprendido de la resistencia del hombre. Lo veía cansado, pero ni por un momento bajó la presión del interrogatorio, aunque Manuel tuvo que hacer un esfuerzo sobrehumano para mantener su postura. Era un duelo de voluntades y no estaba dispuesto a perder.

Cuando el policía salió del cuarto de interrogatorios, se quedó solo por treinta minutos más. Tenía los ojos cerrados y dormitaba en la silla cuando sintió que alguien lo sacudía levemente.

—Despierte. Viene conmigo. —Un oficial uniformado estaba abriendo las esposas para liberarlo de la silla. Le esposó las manos a la espalda y lo levantó del brazo—. Póngase de pie y camine.

Sin decir palabra, se puso de pie y acompañó al oficial por los pasillos oscuros de las instalaciones del Complejo de Seguridad. Ignoraba dónde lo conducían, pero no les daría el gusto de preguntar.

LA CÁRCEL

Manuel solo quería dormir. Estaba al borde del colapso cuando llegó a la celda que le habían asignado. Entró y se tiró sobre el primer camastro que encontró. Se durmió antes de terminar de posar la cabeza en el colchón.

Había pasado un tiempo incontable cuando abrió los ojos y, sin embargo, el descanso había sido poco reparador. Vio varios reos en la celda. Uno de ellos lo observaba con extraña fascinación.

—Ya despertó —comentó en voz alta; y dirigiéndose a él con voz más baja, le espetó—: Buena chinga te espera.

—¿Dormiste bien? —siguió diciendo otro malencarado, con muchos tatuajes en cuello y brazos y no poca sorna—. ¿Descansaste cómodo?

Se incorporó lentamente y miró a su alrededor. Se topó con el rostro de media decena de tipos que, como el que le hablaba, no le quitaban ojo de encima. El ambiente emanaba una angustiosa ansiedad. Algo estaba por suceder y su intuición le decía que haría bien en no bajar la guardia. Se pegó a la pared con el fin de tener las espaldas cubiertas y contestó con tranquilidad.

—Sí, gracias por preguntar. Es un poco incómoda la cama, pero descansé. ¿Qué hora es?

—Ya es mediodía. —El prisionero sonrió con sorna—. ¿Quieres comer?

—Con una hamburguesa me conformo —respondió con mucha calma—, que tenga muchas papas fritas y una limonada bien fría. Doble queso, por favor.

Manuel sonrió estirándose en su metro sesenta centímetros para parecer más alto frente a su interlocutor, que le sacaba por lo menos diez centímetros.

—¡Muchachos! Por favor, consigan la comida del patrón. —El individuo miró a sus compañeros uno por uno y volvió el rostro a Manuel—. Parece que ya cerró la cocina. Lo siento, pero hoy te quedarás sin comer. ¿Algo más?

—No, es todo. Ahora, si no te importa, quiero pensar un poco.

—¡Sí me importa! —La cara del reo estaba a centímetros de la de Manuel, que olió su aliento—. Usaste mi cama todo el día. Te dejé dormir en mi lugar. Me debes cinco mil pesos y me los tienes que pagar ahora.

—Y si no pago, ¿qué? —Manuel apreció los músculos de su interlocutor, que se le dibujaban a través de la ropa—. No tengo un centavo. Todo se lo quedaron cuando me detuvieron.

—Pues llama a alguien y que te lo traiga temprano. Tienes que pagar o… atente a las consecuencias.

—Me atengo a las consecuencias. —Pensó que en la celda, con los policías cerca, no se atreverían a tocarlo.

Recién terminó de hablar, sintió que el vientre le explotaba al encajar un puño. Levantó los brazos y empujó al preso hacia el frente con toda su fuerza.

Los demás reos se pegaron a las paredes en silencio, dispuestos a disfrutar del espectáculo.

Vio cómo su contrincante se impactaba contra las rejas a su espalda y se recuperaba de inmediato, lanzándose sobre él como un oso enfurecido.

Manuel acudió a lo que sabía de artes marciales. No las tenía muy actualizadas, pero las había practicado cuando estudiante y confió en el auxilio de su memoria. Lo recibió con un golpe de derecha, recto al mentón, y disparó la izquierda sobre las costillas. El otro apenas manifestó haber recibido dos impactos directos.

El tipo lo tomó por los hombros y lo estrelló de espaldas contra el muro. Intentó levantar la rodilla para incrustársela en la ingle, pero antes de que pudiera hacerlo, recibió una dolorosa patada en la espinilla.

Un golpe duro en el plexo solar lo dejó sin aliento. Trataba de recuperarse cuando sintió que la cabeza le estallaba.

Se le doblaron las rodillas y se dejó caer en posición fetal y cubriéndose la cabeza con las manos trataba de contar cuántos eran los que lo estaban pateando en el suelo. Eran más de dos, seguro.

De pronto, todo se volvió negro.

Había transcurrido otro tiempo incontable cuando empezó a recobrar la conciencia. El dolor del cuerpo se fue intensificando y apenas lo dejaba moverse. Abrió los ojos y la luz lo cegó. Parpadeó varias veces y percibió lo cómodo del lecho en que se encontraba, hasta que se percató de que era una cama de hospital. Deslizó la mirada en torno suyo. Junto a la cama, de pie, estaba Marcela, que lo miraba con atención. Se le notaba la preocupación en el rostro. La mano de ella le acariciaba los cabellos.

—¡Qué bueno que despertaste! Ya me tenías preocupada. Todos en el campamento estamos igual. ¿Cómo estás?

Sonrió levemente. Mirar su rostro tan cerca le calmó un poco el dolor, que regresó con intensidad punzante al tratar de incorporarse.

—No te muevas, que no puedes. Ya está por venir el médico. Tranquilo; todo va a salir bien. —Marcela lo empujó con suavidad sobre la cama.

—Me duele todo. Siento como si me hubiera atropellado un camión de diez toneladas. ¿Dónde estamos? Es un hospital, ¿no?

—Es el Hospital O'Horán. Te trajeron hace un rato. Parece que tuviste una pelea con un recluso y llevaste la peor parte. Hay un policía en la entrada, vigilando. Desde aquí puedes verlo. —Se hizo a un lado para que lo viera en una silla, a tan solo unos metros—. ¿Qué pasó? Cuando nos avisaron de que estabas aquí, vine de inmediato. Por fortuna no estaba en el campamento y pude llegar rápido. Mayor viene de camino. Salió del campamento en chinga apenas supo que estabas en el hospital. ¿No puedes estar tranquilo?

—No fue una pelea; me quisieron extorsionar. Como no me dejé, me dieron mi terapia de ablandamiento. Fueron más de uno, no sé cuántos. Si no me hubiera pasado toda la noche en el interrogatorio con el pendejo policía ese, me habría ido mejor y le hubiera dado en la madre a algunos antes de caer. —Soltó las palabras lentamente, con ira contenida. El odio a Euán se le incrementaba en una proporción considerable.

—Debieron ser muchos, demasiados. —Se sentó en la cama, a su lado, y le tomó la mano al hablar—. Eres muy macho y le partes la madre a cualquiera, claro que sí. —Y cambió el tono—. ¿A quién quieres impresionar? Si es peleando, a mí no. Ya lo hiciste varias veces en tu tienda.

—Yo no…

—No. Déjame decirte. Euán fue el que me habló. Se le notaba preocupado por ti. Va a venir a verte en un rato. Creo que está un poco arrepentido de ponerte en esta situación. Cuéntame, ¿qué sucedió cuando te llevaron? Nos quedamos preocupados. El llanto de Nahia se oyó en todo el sur de la península. Sandra no podía hablar de la impresión y se encerró en su tienda y no salió de ahí hasta hoy en la mañana. Todos están trabajando en silencio y los trabajadores quieren venir a hacer un plantón frente al palacio de gobierno para que te suelten. Hay mucha tensión en el ambiente. Mayor ha estado hablando con sus amistades a ver quién tiene relaciones para ayudarte y hasta la universidad ofreció su equipo jurídico. Tienes mucha gente que te apoya. No hagas pendejadas.

—Te juro que no hago pendejadas. Solo no dejo que me chinguen. Después de mi arresto, me llevaron a un cuarto de interrogatorios, casi a las diez de la noche, y me tuvieron ahí cerca de dos horas. Sobre la medianoche, me dieron un vaso con agua y una torta de jamón y queso. Esa fue mi cena. —Cerró los ojos. No quería olvidar ningún detalle importante, sino recordarlo todo para que lo pagara quien tuviera que pagarlo—. Una hora después llegó Euán. Durante ocho horas me estuvo interrogando, amenazando, presionando para hacerme confesar algo que no he hecho. Es bueno en eso, lo tengo que reconocer. Muy duro. Pero no dije nada. No tengo nada que decir.

—¿Te golpeó? ¿Te torturó?

—No me tocó, aunque por momentos pensé que lo haría. La tortura fue sicológica. Mucha presión sicológica. Entiendo que es parte de la técnica para obtener confesiones y que nadie confiesa si le preguntan con amabilidad, pero ese tipo no sabe con quién está tratando. No obtendrá nada de mí ni matándome.

—Vas a conseguir que te lastimen o te maten de verdad. Diles lo que quieren saber. No entiendo por qué te empeñas en hacerte el héroe. Diles lo que sabes. No quiero que te sigan lastimando.

—Pero es que no tengo nada que decir. No sé nada. Ya les dije todo lo que sé. Quiere que me declare culpable del asesinato o que delate a mis cómplices. Yo no he asesinado a nadie. No puedo aceptar una culpa que no es mía.

—¿Entonces por qué no se lo dices así?

—Ya lo hice. El problema es que descubrió que yo tenía el teléfono de Emilio. Ahí hay evidencia de la relación con Nahia y su embarazo. Cree que yo cometí el crimen porque Emilio intentaba seducirte. No está claro el papel de Nahia, pero piensa que también está involucrada. Ahora va tras ella.

—¿Por qué escondiste el teléfono? ¿No te diste cuenta de que te estabas incriminando? Debiste dárselo desde el principio. —La voz de Marcela iba tan cargada de angustia que le apretó la mano para tranquilizarla.

—Al principio creí que Nahia era la asesina. Intentaba hacerla confesar y que me dijera dónde escondió el códice. Ahora no estoy seguro. Creo que la involucraron. Tampoco sé por qué no entregué el teléfono. Supongo que quería proteger a la chica. Si la detienen, se va a morir. Además, urge encontrar el códice antes de que llegue al mercado negro. A propósito, ¿qué dijo el doctor?

—Es doctora. —Marcela bajó el tono de su voz y se le acercó al oído—. Es una amiga mía. Estudió conmigo el bachillerato. Dice que estás bien, nada grave. Muy golpeado, desde luego. Te puede dar de alta ya, pero te va a tener un par de días en observación, con el pretexto de que necesita asegurarse de que no tienes algún daño interno. En realidad, es para ver si se arregla tu situación legal y no tengas que regresar a la celda. Como hoy es jueves, con dos días empata el fin de semana. Si todo sale bien, el lunes saldrías de aquí y, tal vez, solo tal vez, los abogados de la universidad habrán conseguido que te fijen fianza o algo que permita que regreses a casa.

Manuel intentó, una vez más, incorporarse en la cama. Le dolía cada músculo y hasta descubría algunos que ni sabía que tenía.

—Espera; es más fácil así. —Marcela se puso al pie de la cama y giró la manivela que levantaba la cabecera. La dejó en un ángulo de casi sesenta grados—. ¿Así está bien?

—Sí, gracias. Mucho mejor. Tengo hambre. No he comido nada desde anoche. No sé qué hora es.

—Son como las seis de la tarde. En recepción hay una máquina expendedora. Voy a ver si hay algo que te consuele. Todavía falta para la cena.

La vio marcharse. Por un momento, se olvidó del dolor para concentrarse en el movimiento de sus caderas. Perfectas, sensuales. Le molestó que el guardia, a varios metros de él, también la estuviese mirando. Era intolerable la falta de respeto de ese oficial de la ley. Nada más que pudiera levantarse, le diría unas cuantas cosas.

Fue entonces cuando se dio cuenta de que tenía un par de esposas que le sujetaban la muñeca izquierda al barandal de la cama. Lo estaban tratando como a un vulgar delincuente. Peor aún: desde la óptica de la ley, era un delincuente. No había razón para esperar otro trato. Ya estaba fichado. Tenía un expediente criminal. No importaba si al final salía libre de cargos:

su expediente siempre indicaría que fue detenido como sospechoso de un crimen. ¿Qué les diría a sus alumnos?

La figura de Marcela, al fondo del pasillo, hablando con Mayor, lo sacó de sus pensamientos. Ambos tenían la cabeza baja, como si lo que estuvieran diciendo fuera incómodo. Al llegar junto al guardia se detuvieron y el representante de la ley, revisó la bolsa de ella. Luego continuaron caminando, muy despacio, sin dejar de hablar y con la vista fija en el piso.

Al llegar junto a la cama Marcela se quedó un paso atrás. Mayor sonrió y le tendió un paquete de mantecadas y un refresco embotellado.

—¿Cómo estás? Menudo susto nos has dado. —La voz de Mayor sonó extrañamente falsa, como si la jovialidad que pretendía expresar fuera fingida.

—Pues ya ves, sin haberme casado ahora tengo un par de esposas —dijo levantando un poco la muñeca para contextualizar su chiste.

—Eso te pasa por bígamo —terció Marcela haciéndole una caída de ojos.

A Manuel le pareció que no sabían de qué hablar, así que guardó silencio, esperando que alguno de ellos dijera algo de peso.

—Todos en el campamento están preocupados por ti. Estamos —puntualizó Mayor. Y rodeó la cama para dejar que Marcela se acercara a la mano que tenía libre—. Hasta las cocineras te envían sus saludos y bendiciones. Nadie cree que seas culpable de nada. Si no se arregla pronto tu situación, van a armar una rebelión campesina para liberarte.

—Diles, por favor, que no se preocupen. Les agradezco mucho sus muestras de afecto. —Manuel clavó la mirada en Marcela—. Estoy bien cuidado y pronto estaré libre. No he hecho nada malo en absoluto. Es un malentendido.

Ella lo tomó de la mano, se sentó al borde de la cama y guardó silencio.

—El sindicato y la universidad tienen un equipo de abogados que van a estudiar tu caso. Están pidiendo tu libertad bajo fianza mientras se aclara todo. Hay un grupo de colegas que están dispuestos a juntar lo de la fianza para que puedas salir. Algunos de tus alumnos han estado llamando a sus maestros para preguntar por ti.

—Qué rápido corrió la noticia. Ahora soy famoso. Después de esto puedo escribir una novela sobre mi experiencia en la cárcel, como acostumbraban algunos reos famosos del siglo XX. ¿Leíste Papillon, aquella novela de los setenta que contaba la vida de un preso en la Guayana francesa?

—La conozco. Espero que no sea necesario que tengas que fugarte de la cárcel para probar tu inocencia. Aquí, al menos, no necesitas estar golpeando reos para llamar la atención. Es un recurso un poco exagerado. —Mayor estaba haciendo un notorio esfuerzo por sonar despreocupado.

—De alguna manera me tengo que hacer respetar —dijo Manuel mirando a Marcela—. Además, así me consienten más.

—Pues ya verás cuando salgas. —Marcela sonrió y le apretó la mano—. Todas las vueltas que he dado, el tiempo perdido y los sustos te van a costar caros.

—Manuel, eres mi amigo. —Mayor se puso serio y, ahora sí, su voz sonó preocupada—. Antes que nada sabes que estamos contigo, pero las cosas son complicadas. Cuando hay problemas no vienen solos. Hay cosas que no controlamos nosotros. Eres un hombre joven, fuerte y con gente que te quiere.

—¿Qué sucede? —Lo interrumpió con brusquedad—. No le des vueltas al asunto. ¿Qué me quieres decir? Somos amigos, tú lo has dicho, así que, por favor, dime las cosas como son. Ya me conoces: puedo manejar lo que me digas, pero no me des muchas vueltas porque me mareas.

—Es que sucedió algo que te va a afectar mucho. —Mayor sonaba indeciso, sin animarse a dar la noticia.

—¿Pues qué esperas para decirlo? —Ya empezaba a alarmarse.

—Mira Manuel, la verdad es que cuando estaba llegando a Mérida me llamó uno de tus hermanos. No sabían cómo localizarte. Ya se enteraron en tu pueblo de lo que sucedió. Parece que alguien lo subió al Facebook y ahí lo vieron. El caso es que tu mamá lo vio también —le confesó Mayor desviando la mirada, de su amigo al piso y viceversa. Se le notaba muy nervioso.

—¿Cómo está mi mamá? —La sangre huía de su corazón a zancadas y se le agolpaba en la garganta—. ¿Qué le pasó? Dímelo, por favor.

—Tuvo un infarto fulminante.

—¡En el pueblo no hay médico! ¡Dime que se salvó! ¡Dime que está bien!

Mayor solo movía la cabeza de un lado a otro, negando en silencio, con la mirada fija en el armazón de la cama.

Los ojos de Manuel se le llenaron de lágrimas y el dolor del cuerpo se le concentró en el corazón. Apenas notaba los brazos de Marcela que lo arropaban con cariño ni oyó «lo siento amigo» que musitó Mayor. Tampoco se enteró de que una enfermera que estaba allí como por casualidad no le quitaba la vista de encima, ni que el guardia se había puesto de pie y, discretamente, se alejaba para no ser testigo de la escena.

—¡Ese maldito Euán la mató! ¡Él tuvo la culpa! ¡Si no me hubiera arrestado, mi madre todavía viviría! —musitó entre sollozos.

—No, Manuel. No fue Euán. —Marcela le habló al oído mientras lo abrazaba fuertemente—. Él no hizo nada más que cumplir con su trabajo. No culpes a Euán de algo que no es culpa de nadie.

—Tienes razón. No fue él, fui yo. Nunca debí intentar resolver el crimen. No me corresponde hacer el papel de policía. Mi imprudencia y mi soberbia la mataron. Pensé que era más chingón que los policías y ella pagó las consecuencias. —Los sollozos interrumpían su perorata—. Ahora ni siquiera me podré despedir de ella, preso como estoy, esposado a esta cama como un criminal.

No pudo seguir hablando. El sabor de las lágrimas le anegó boca. El dolor físico desapareció para acantonarse en el alma, ni siquiera en el corazón. Sentía un gran vacío dentro. Él había matado a su madre en su afán de jugar con la ley. Creerse superior al aparato de justicia acabó con la vida de quien más amaba. Nunca se perdonaría eso. La culpa le carcomía el espíritu. Ya no la volvería a ver, nunca más. Estaba solo, completamente solo.

—No estás solo. Yo estoy contigo. Aquí estoy —dijo la voz de Marcela.

Levantó la vista y vio el rostro de la chica junto al suyo y cayó en cuenta de que los brazos de ella lo rodeaban con fuerza. Buscó a su amigo con la mirada. Mayor estaba a su lado, sin moverse, mirándolos a ambos en silencio.

Con el brazo libre, devolvió el abrazo de Marcela y se soltó a llorar, en silencio, con un llanto que le salía de lo más profundo del alma y que lo partía en dos. ¡Dolor!, algo que conocía muy bien. Ahora, sin embargo, tenía un significado distinto. Ya no sería el mismo nunca más.

UNA TRÁGICA CONSECUENCIA

A las nueve de la mañana del viernes siguiente, Euán se encontraba en su escritorio revisando la información de lo sucedido en la celda de Manuel, cuando la voz de su jefe sonó junto a él.

—¿Alguna novedad sobre el caso? ¿Cómo está el arqueólogo ese?

—Pues, según el parte médico está bien, solo un poco golpeado. Tiene buena condición y está acostumbrado al trabajo físico, además de que sabe un poco de karate, así que se defendió y se cubrió bien —dijo levantando el expediente médico y extendiéndoselo.

—¿Qué pasó con el agresor?

—Lo enviaron a la celda de castigo.

El jefe tomó el expediente y se encaminó a su oficina. Le hizo señal de que lo siguiera. Ambos se encerraron en ella a hablar con más privacidad.

—Euán, ¿estás seguro de lo que estás haciendo? Hay muchas fuerzas políticas que están presionando. El rector de la universidad habló con el gobernador. Revolviste un avispero grande. ¿Lo sabes? El sindicato de la universidad está metiendo amparos y presionando al juez para que lo suelten. Tú sabes que los del INAH son combativos, que están pendientes de lo que hacemos, listos para armar una protesta frente al Palacio de Gobierno si resulta un falso arresto. La prensa ya se enteró de la golpiza que le dieron.

Se sirvió una taza de café y ofreció otra a Euán, que la aceptó sin demora.

—Nunca pensé que un simple arqueólogo pudiera armar tanto alboroto. —Le dio un sorbo al café, miró a su jefe y continuó—: Lo del pleito lo complicó todo. No sé cómo se les ocurrió meterlo en la misma celda con ese pandillero. Pero, en fin, ya estoy en esto.

—No es un simple arqueólogo. Es una eminencia en arqueología maya. Tiene varios libros publicados, ha dado conferencias en distintas universidades del mundo y es reconocido por todos los especialistas como uno de los mejores expertos en cultura maya. No es cualquier tipo.

—Sí, pero cometió un delito. Alteró la escena del crimen. Eso debe tener consecuencias.

—Estoy de acuerdo contigo. Te apoyo en eso, pero no es para tanto. Deberías haberle puesto una multa alta o un arresto de fin de semana y ya está, pero interrogarlo toda la noche y luego mandarlo a golpear es una salvajada.

—Un momento. Usted sabe que no lo mandé a golpear. Yo no trabajo así. Eso no fue asunto mío. Acepto mis errores, pero no cargo con la culpa de cualquier pendejo que no sabe que la tortura está prohibida.

—Yo lo sé, pero te estoy comentando cómo se ve desde afuera. Cómo lo perciben los demás. Así lo va a presentar la prensa.

—¿Y qué quieres hacer? Dime sin rodeos, para que yo sepa a qué atenerme.

—Soltar a ese tipo. Es todo. Tú mismo no crees que él sea el asesino; de hecho, en el interrogatorio no sacaste nada. No parece que sepa mucho. Busca la manera de soltarlo, sin que quedemos mal, y seguimos investigando.

—Hay una forma. No me gusta, pero todos quedan bien.

—Dime.

—Voy a ponerlo a disposición del juez.

Manuel tomó un largo sorbo de café, se levantó y dio unos pasos hacia la ventana. Se fijó en un punto en el horizonte y se volvió. Recobró su poder de convicción, aunque poniendo buen cuidado de no contradecir a su jefe, y añadió:

—Lo voy a acusar de obstrucción de la justicia. Lo haré ahora mismo, con el juez que siempre nos ayuda. Háblale para decirle que va el expediente para allí. Que lo deje seguir el caso en libertad de inmediato. Si nos damos prisa, sale hoy mismo por la tarde. De esa manera nos deshacemos de esa papa caliente y se la pasamos al juzgado. Ellos no tendrán problema en decidir qué hacer.

—¿Y si lo declaran inocente?

—Por mí está bien. Creo que ya tuvo suficiente con la chinga que le dieron. Ya hasta me da pena.

—Pues date prisa. Lo hacemos ahora mismo.

Marcela estaba sentada en la orilla de la cama, con la mano de Manuel entre las suyas. Cerró los ojos. Se sentía cansada, exhausta. En las pocas horas que había dormido, soñó que había tenido lugar una lucha encarnizada de perros contra hombres. Una lucha desigual en la que Manuel había llevado todas las de perder.

—Ya pronto te servirán la comida. Vas a bajar unos gramos este fin de semana. ¿No extrañas la comida del campamento?

—Claro que la extraño. Un buen puchero de tres carnes es mil veces mejor que la comida de hospital. Solo pensar que todavía me quedan tres o cuatro días aquí me hace estremecer. No sé qué es peor, la comida de aquí o la de la cárcel. Ahí no alcancé a comer nada, así que no sé cómo es lo que sirven a los presos.

—Mientras tú comes, yo cruzaré a la fonda de enfrente. A ver qué hay. Creo que venden raciones. ¿Quieres que te traiga algo? ¿Algún postre?

—Si puedes, te lo agradeceré mucho. No creo que te digan nada. Estoy golpeado, no enfermo. Puedo comer de todo. —Se interrumpió al ver a Euán acercarse por el pasillo—. Ahí viene ese policía. A ver qué chingados quiere ahora.

—Tranquilo. No hagas algo de lo que después tengas que arrepentirte. Déjalo hablar. Recuerda que no es personal. Está haciendo su trabajo. Tú tienes gente que está moviéndose por ti.

—Buenas tardes. ¿Cómo están? Arqueólogo, ¿cómo sigue? —dijo Euán en cuanto estuvo frente a ellos, exhibiendo la sonrisa que le caracterizaba. Su tono sonaba conciliador.

—Buenas tardes. Como puede ver, está bastante golpeado, pero vivirá. Afortunadamente no hay huesos rotos, solo que la doctora quiere tenerlo en observación por cualquier cosa que pudiera surgir —se apresuró a contestar Marcela, antes que Manuel pudiera decir algo contraproducente.

—Ya ve. Aquí esposado a la cama, pero entero todavía —agregó Manuel en un tono tranquilo.

—Qué bien que esté mejor. Me alegro. —Euán se aproximó a la cama del lado de las esposas —. Lamento mucho lo que pasó. No debió suceder. Fue un error de los oficiales ponerlo en esa celda, pero no había otra libre en ese momento.

—Un error que me mandó al hospital —dijo Manuel sin dejar de mirarlo. Luchar contra gente entrenada para acorralar era cosa seria.

—Lo sé. En verdad lo lamento, créame —para sorpresa de Manuel, Euán sonó sincero—, pero le tengo una novedad. Acabo de hablar con la doctora. Ya están haciendo el papeleo para darle de alta ahora mismo.

Euán y Marcela se miraron contrariados. Ese maldito policía lo volvió a hacer.

—Un momento. No se inquieten. Vengo a decirle que está usted libre. El juez le otorgó la libertad —dijo mirándolos alternativamente.

Sacó de su bolsillo la llave de las esposas y lo liberó. Manuel se palpó la muñeca sin acabar de confiar en las palabras que salían de la boca del policía.

—Será procesado por obstrucción de la justicia, pero eso es pan comido para sus abogados. Además, como es un delito menor, podrá llevar su juicio en libertad, así que apenas lo digan los del hospital, podrá marcharse. Solo le pido que no abandone el estado. Y, aquí, entre nosotros, estoy seguro que el juez le declarará inocente y estará libre de cargos muy pronto. Espero que no se meta en más líos; no me gustaría tener que arrestarlo de nuevo.

—Quiere usted decir que... —Marcela no pudo terminar la frase porque fue interrumpida por Euán.

—Sí. Ya se pueden ir. Es más, por ahí viene la doctora con sus papeles en la mano.

Le hizo un gesto con la mano al guardia, que permanecía atento a todo lo que estaba sucediendo.

—Les dejo. El guardia se retira conmigo. Por favor, cuídense y no se metan en problemas.

Euán le tendió la mano a Manuel, que dudó un instante antes de devolver el saludo, y se la tendió después a Marcela, que lo saludó con cortesía y una sonrisa de gratitud en los labios.

—Gracias —dijo aliviada—. Muchas gracias. En verdad.

Euán se dio la vuelta y se encaminó hacia la salida, seguido por el guardia, mientras la doctora, ya junto a ellos, le extendía un papel y un bolígrafo a Manuel.

—Le felicito, señor. Ya es usted libre de nuevo. Por favor, firme en la parte de abajo, donde está su nombre, y podrá irse. Su ropa está en el buró junto a la cama. Si lo desea, puedo pedir que lo lleven en una silla de ruedas hasta la salida.

—Gracias, doctora, pero puedo salir caminando —respondió.

Manuel sonrió por primera vez en mucho tiempo. Se incorporó y tomó su ropa de mano de Marcela, que la había sacado del mueble.

—Le agradezco mucho todo lo que hizo por mí. Es usted muy amable.

—Te lo agradecemos de corazón. No sabes lo que significa para nosotros todo el apoyo que recibimos de ti —terció Marcela mirando a su amiga mientras Manuel se vestía.

—¿Qué van a hacer ahora? Según entiendo, todavía no ha aparecido el asesino y la libertad es mientras se inicia el juicio.

—Pues no lo sé. Hay que atender algunos asuntos urgentes y creo que el fin de semana decidiremos.

A Marcela le había parecido que el tiempo se detenía y que de nuevo se ponía en marcha. Miraba a Manuel vestirse mientras platicaba con su amiga.

—Doctora, nuevamente le reitero mi agradecimiento —dijo él—. Si algún día está libre y desea visitarnos en el campamento, con mucho gusto le mostraremos el sitio y le atenderemos como se merece. Gracias por sus atenciones. —Y le extendió la mano. Con la otra sostenía la de Marcela.

—Hasta luego y mucha suerte. Cuídense. —La doctora se despidió y, tras recoger el papel firmado, se perdió por los pasillos.

Manuel le acomodaba la silla a Marcela y consultaba el reloj de la pared del restaurante. Eran las tres. Hacía dos horas que había salido del hospital y habían parado a comer algo de camino a Valladolid, al funeral de su madre. El lugar estaba a pocos kilómetros de su destino, así que no tardarían en llegar a la sala de velaciones.

Una vez acomodados, después de ordenar sus alimentos, Marcela rompió el silencio:

—¿Ahora qué? Todavía no estás del todo libre. Tienes un juicio pendiente y el códice no ha aparecido. Hay un asesino suelto que nos puede estar vigilando. Incluso puede ser alguien del campamento y mira que lo digo y se me ponen los pelos de punta. No pudiste averiguar nada y te arriesgaste mucho. ¿Qué sigue? ¿Qué vamos a hacer? —así lo dijo y él se dio cuenta de que pronunció «vamos» en lugar de «vas».

—Euán va a seguir investigando y no creo que tolere más interferencias de tu parte —remató.

—Hagamos un repaso. ¿Qué tenemos? En primer lugar, la fecha: cuando desapareció Emilio, ¿quién se comportó de manera inusual? ¿Quién hizo o dijo algo que en ese momento nos pasara desapercibido, pero que tenga significado dentro de la situación de ahora?

—Pues, no sé; es seguro que hay algo, pero no sé. No quisiera malinterpretar las cosas.

—No importa qué es. Dilo; luego valoraremos su relevancia.

—Es que, ese día, me llamó la atención que unos trabajadores estaban comentando algo de Sandra. Les pregunté y uno de ellos me comentó que en la madrugada le pareció verla caminar desnuda desde el área donde nos bañamos hasta su tienda. Lo que sí recuerdo es que yo la vi con el pelo mojado muy temprano, cuando salí a asearme. Hasta pensé que se había bañado a una hora extraña, pero no le di importancia.

—Muy bien. ¿Qué más?

—Es que pueden ser coincidencias. Puede ser nada.

—No importa. Vamos a considerarlo. Lo que no sirve lo descartamos.

—Está bien. Un día, antes de que se quemara el generador, fuimos al pueblo a llevar la ropa a lavar. Sandra estaba muy amable ese día. Se ofreció a dejar la ropa por nosotras en la lavandería. Nahia y yo nos fuimos al centro del pueblo, a curiosear en el mercado y a tomar un café por ahí. Al rato, se presentó Sandra diciendo que ya había dejado la ropa en la lavandería. Por la tarde pasamos por la ropa y regresamos al campamento. Ese día Nahia me comentó que se le perdió una tanga, que no aparecía entre la ropa que había vuelto de la lavandería.

—La tanga que dejó olvidada en la bolsa de dormir de Emilio.

—Exacto. Por eso la escondió. No recordaba que la hubiera dejado ahí y le dio vergüenza que tú la vieras.

—Además, tenemos el hecho de que Nahia y Emilio eran amantes. Ella está embarazada y él la rechazó al enterarse. Las pruebas de eso están en el teléfono, los mensajes que ella le envió. Eso explica también por qué estaba la tanga en la bolsa de dormir. Tuvieron sexo y, en el fragor de la pasión, olvidó la prenda ahí. Eso la hace sospechosa.

—Cierto, pero ella no me parece del tipo de mujer capaz de matar. Además, una mujer mata con veneno, no con violencia.

—No hay tipo de mujer capaz de matar —replicó él mientras levantaba la vista de la servilleta de papel en la que estaba apuntando—. Hay la oportunidad, el motivo y el arma. Eso es lo que se necesita para matar. Cuando el motivo es más poderoso que los valores de uno, se mata sin titubear.

—Eres muy cruel. Es una niña.

—Tampoco hay edad para matar. En fin. Qué más tenemos.

—El códice. Todavía no aparece.

—Ese es el motivo. El dinero que se puede obtener de su venta en el mercado negro. No perdamos de vista que lo importante es el dinero. Localicemos el códice y tendremos al asesino. —Se detuvo un momento y la miró a los ojos—. Gracias por todo, Marcela.

—¿Crees que el apagón y el derrumbe hayan sido obra del asesino? —dijo sonriéndole. Y le envió un beso a través del aire.

—No lo creo. Tendría que ser un profesional del crimen para sincronizar todo y cuidar que no hubiera un muerto más. El apagón fue consecuencia del mal estado del generador. Lo dijo el técnico que lo reparó.

—¿Y el derrumbe? Pudo haber sido un distractor.

—No lo descartemos. Nos falta algo. —Manuel interrumpió, por un instante, su comida—. El machete de Sandra: desapareció de su lugar y un trabajador lo encontró entre la vegetación. Tal parece que alguien intentó hacerlo desaparecer.

—Sí, pero ella siempre lo daba prestado. Lo tenía al alcance de todos. No creo que haya sido ella.

—Es cierto. Nomás me resulta curioso que todo gira en torno a ellas dos.

Faltaba media hora para meter el cuerpo a cremar cuando llegaron a la sala de velaciones. Manuel estaba muy tenso. Marcela lo llevaba tomado de la mano. Se detuvieron en la entrada. Manuel sintió que todas las miradas confluían en su persona. Miró al fondo, hacia el féretro que contenía el cuerpo de su madre, con la parte superior abierta. Lo custodiaban cuatro cirios y se encontraba rodeado de coronas de flores. Se quedó inmóvil, con la mirada fija en el ataúd.

Reaccionó cuando Marcela le apretó con fuerza la mano. Unas personas se habían detenido junto a él, con respeto, para expresar sus condolencias. Aguantó con paciencia las muestras de afecto. Apenas pudo, se acercó a ver el cuerpo de su madre.

De pie, con una mano sobre el borde del cajón y la otra acariciando el cabello de su progenitora, permaneció varios minutos, hasta que una voz lo hizo volverse.

—¿Sabe la policía que estás aquí? ¿Te escapaste o te dieron permiso de salir con el compromiso de regresar antes del amanecer?

—Hola, hermano. También me da mucho gusto verte. Veo que cuidaste bien a mamá.

—Murió por tu culpa. Cuando supo que eres un criminal, tuvo un infarto. No soportó la idea de que estuvieras en la cárcel. Además, en tu primer día en prisión te metes en una pelea que te manda al hospital. ¿Cómo quieres que lo resistiera?

—Déjame en paz. Solo vine a despedirme de mamá. Ella sabe que todo lo que dices es pura mentira. Apenas la metan al crematorio, me voy. Ya nada me retiene aquí.

—Claro, como siempre. El niño estudiado no quiere nada con el pueblo. Ya es un catrín de ciudad. ¿Por qué no te vas de una vez?

—Aquí no tienes nada. Todo lo perdiste cuando te fuiste a la ciudad —dijo su otro hermano que se había acercado sin que él lo notara y ahora estaba de pie junto a ellos dos.

—No se preocupen. No les voy a quitar nada. No necesito nada de ustedes. Solo vine a despedirme de ella.

—Todos están mirando —interrumpió la plática el mayor de sus hermanos—. No vamos a pelear aquí. Solo te pedimos que seas muy discreto y que cuando acabe esto te retires sin despedirte.

—Descuiden, así lo haré.

Cuando se retiraron, Marcela lo abrazó por la cintura, recostó la cabeza en su hombro y se mantuvo así los casi veinte minutos que pasaron hasta que unos empleados de la funeraria se llevaron el cuerpo. Una vez que el espacio que había ocupado quedó vacío, regresaron al auto y tomaron rumbo a Mérida sin decir palabra.

DE REGRESO EN EL CAMPAMENTO

Eran las siete de la mañana del domingo cuando el auto llegó al campamento. Habían salido de Mérida a las cuatro y media de la madrugada con la intención de llegar temprano. Marcela manejaba mientras Manuel se sumía en sus pensamientos. No bien había salido de la cárcel y ya estaba recibiendo la noticia del fallecimiento de su madre. Un golpe tras otro, demoledores ambos. No era algo fácil de aguantar. Por fortuna, Marcela estuvo con él todo el tiempo dándole la fortaleza que necesitaba, sabiendo cuándo callar y cuándo sonreír con ternura. Una mirada, un toque de manos, un disimulado beso enviado al aire o una caricia en la espalda eran suficientes para que recordara que no estaba solo y que ella seguiría ahí cuando lo necesitara. Si tan solo su madre la hubiera conocido, seguro le habría agradado. Era el tipo de mujer que podía leerlo sin problema.

En medio de su dolor, pensar en ella le abría un espacio de paz y un sentimiento, desconocido para él; ahora comprendía que un hombre perdiera la cabeza por una mujer. ¿Se estaba enamorando? ¿Sería eso posible? Si apenas habían pasado unas semanas en una relación indefinida, casi como amigos con derechos. ¿Y si para ella era solo eso? Un amigo con quien compartir algunos momentos y disfrutar la intimidad, pero solo un amigo. ¿Por qué se sentía así de pensar que ella pudiera verlo solo como un amigo?

Como si ella fuera capaz de leer sus pensamientos, de pronto lo miraba un instante, le sonreía y continuaba manejando, dejándolo más confuso aún.

Al bajar del auto vio que los españoles llegaban al comedor. Sabía que, después de lo sucedido, ya no salían a pasear en domingo, sino que se quedaban en el campamento, como si eso pudiera ayudar con la investigación. Mayor también estaba ahí, como obligándose a cuidar del grupo.

No le pasó desapercibido el pequeño revuelo que causaba su llegada. Todos voltearon a verlo y lo esperaron de pie. Marcela caminaba junto a él sin decir palabra, respetando sus emociones.

Uno por uno, se acercaron a expresarle sus condolencias por la pérdida de su madre. Sintió el cariño de los abrazos, la angustia de revivir esos momentos, la frustración de no haber podido hacer nada por salvarla y el vacío que dejaba; la indignación por el reclamo de sus hermanos. Todo, en menos de un instante.

Agradeció los gestos de solidaridad con palabras sinceras, mientras limpiaba la humedad de los ojos. Lo miraban con respeto. El dolor de los golpes era nada comparado con el dolor del corazón.

—Supongo que no habéis desayunado —dijo Sandra. Y le tomó del brazo y, con gesto solícito, lo invitó a sentarse a la mesa. Le dirigió a Marcela una sonrisa cargada de melancolía.

Como las cocineras estaban de asueto dominical, las estudiantes españolas se metieron a la cocina a preparar el desayuno. Marcela, Sandra, Nahia y Mayor se sentaron con Manuel. Era quien más apoyo necesitaba en medio de todo aquel asunto.

Trató de no parecer sombrío, pero era difícil. En su interior agradeció el esfuerzo desplegado por todo el mundo para tratar de animarlo, pero era más fácil entender la teoría de la relatividad que animar su espíritu. Sin embargo, por respeto a ellos, hizo evidentes esfuerzos por integrarse a la plática y disimular su estado de ánimo.

A pesar de sus sentimientos y emociones, su mente estaba ocupada con el crimen y la desaparición del códice. Si no lograba encontrarlo pronto, tal vez nunca volverían a saber de él. Una vez que se internara en las entrañas del mercado negro, podrían pasar centurias antes de que se pudiera estudiar su contenido, y eso, asumiendo que alguien fuera tan altruista como para donarlo a la ciencia.

Al terminar el desayuno, Manuel se dirigió a su tienda y los demás lo vieron alejarse cruzando entre ellos miradas de compasión. Era increíble cómo podía cambiar en un instante la vida de una persona. Manuel era un buen tipo y mejor profesional. No era justo que el rigor policial lo hubiera conducido a vivir una experiencia tan dura.

Estuvo una hora en su tienda, acomodando lo que habían desordenado los agentes que la catearon. Tomó nota de que faltaba su computadora y revisó debajo de su bolsa de dormir, desenterrando una pequeña caja de metal de la que sacó un disco duro portátil, en el que tenía respaldado todo lo que había en su laptop.

Dudó un momento, pero no tardó en decidir que debía continuar con su investigación como si nada hubiera ocurrido ese fin de semana. Tenía el encargo de Mayor de resolver el crimen y encontrar el códice, y no le iba a fallar a su amigo.

Iría a la tienda de Sandra. Había cosas que aclarar con ella, aunque esta vez lo haría mejor: grabaría la charla. Buscó su teléfono hasta que cayó en la cuenta de que se lo decomisaron durante el arresto. Echó mano de una pequeña grabadora de reportero que tenía olvidada entre sus cosas.

Un crujido de pisadas lo sobresaltó. Era Marcela que, desde la sombra de la ceiba que parecía custodiar el campamento y sentada en una gran raíz, lo observaba con atención. Se acercó a ella.

—Voy a hablar con Sandra para aclarar las dudas sobre lo que comentamos. Tengo que saber si ella está implicada o no.

—¿Y cómo piensas preguntarle? Si está involucrada no te lo va a decir. Debes tener mucho cuidado con lo que dices y cómo lo dices. Tus preguntas tienen que ser concretas, claras, y sin acusarla de nada. O volverás a estar en líos.

—Así es, tienen que ser las palabras precisas y las preguntas bien estructuradas. Acompáñame, por favor, para que atestigües y me apoyes. Quiero grabar la plática sin que ella lo sepa.

Minutos después ambos estaban de pie en la entrada de la tienda de Sandra, que salió al oír que la llamaban.

—Hola, ¿pasa algo? —preguntó con cara de recelo. Se detuvo en la entrada sin invitarlos a entrar.

—Queremos platicar contigo. ¿Tienes un momento? —Manuel miraba alternativamente a las dos mujeres—. No creo que tardemos mucho.

—Si os parece, vamos al comedor. Ahora está vacío y podemos tomar algo mientras charlamos.

Aceptaron. Sandra caminó por delante y ellos dos la siguieron en silencio. Se acomodaron en una mesa, con un refresco para cada uno.

—Vosotros diréis —dijo. Se retiró un mechón de la cara y se frotó las manos componiendo una sonrisa que resultaba forzada.

—Sabes que me detuvieron porque yo tenía el teléfono de Emilio. El caso es que no había manera de que Euán lo supiera. La única persona que lo sabía era Nahia y me consta que ella no lo dijo a nadie. ¿Cómo te enteraste de que yo lo tenía conmigo?

—¿Quién te dijo que yo lo sabía? —No cayó en la trampa. Al responder con otra pregunta no se comprometía—. ¿Por qué tenía yo que saberlo?

—Porque tú se lo dijiste a Euán. —Con la mirada fija en ella le soltó la acusación sin dudarlo.

—Esa es una acusación muy dura —dijo sin dejar de sonreír—. Tendrás que probarla. Me parece que te dieron fuerte en la cabeza, Manuel. No entiendo por qué me acusas a mí y qué pretendes con ello.

—En el interrogatorio me dijo que tú le sugeriste que me revisara —mintió.

—Te tendió una trampa, majo, estaba jugando contigo para que le dijeras lo que quería oír.

—El problema es que, cuando estuvo aquí antes del arresto, tú fuiste la última persona que habló con él.

—Mira, Manuel, está bien. Yo te oí hablar con Nahia, pero no sabía que no quisieras decirle nada a Euán. Solo le pregunté si le habías entregado el teléfono. ¿Cómo imaginar que por algo así podía arrestarte...? ¡Ni en broma! Emilio era mi amigo y estoy interesada en que se aclare su asesinato. Me interesa más que el códice y eso que me interesa recuperarlo.

—Hay ciertas coincidencias —e hizo el signo de entrecomillar con los dedos— que son sospechosas, incluyendo eso. Si vengo a platicar contigo es para que me aclares mis dudas.

—Dime cuáles. No tengo nada que ocultar. —Seguía tan tranquila como al principio. No se mostró ofendida por la acusación ni nada por el estilo.

—El día que se le perdió la tanga a Nahia tú fuiste la única que tuvo oportunidad de tomarla de su ropa sucia. Tú llevaste la ropa a la lavandería. Es la misma tanga que apareció en el saco de dormir de Emilio.

—Nada de eso es así. Yo dejé la ropa de las tres en la lavandería y me fui al mercado. No sabía que Nahia había perdido su tanga y menos que apareciera después en las cosas de Emilio. Ella dormía ahí con frecuencia. Seguro que se le quedó en el saco por descuido y no lo notó.

—¿Y por qué te vieron andar desnuda en el campamento la madrugada que lo mataron? Nadie se baña a las cuatro de la mañana.

—Esa noche hizo mucho calor, acordaos. Me desperté muy sudada y me desvelé. Como no podía dormir, se me antojó darme un baño. No se me pasó por la cabeza que pudiera haber alguien despierto, pero si alguno lo estaba espero que disfrutara de lo que vio.

—¿Quién era la persona que hablaba contigo la noche que abrimos la caja del códice? No dejabas que nadie los escuchara.

—Manuel, ¿qué pasa? Mi madre está muy enferma. Me llegó un mensaje de Madrid sobre un tratamiento que necesita para salvarse.

—Lo siento. Espero que se mejore —dijo con un quiebro en la voz. Le había tocado una fibra sensible.

—¿Es todo? Espero que se hayan aclarado tus dudas. Entiendo que has vivido momentos muy difíciles el pasado fin de semana. Recuerda que somos compañeros, que hemos compartido muchas cosas. Si necesitas algo, solo tienes que pedírmelo.

Se levantaron. Sandra salió del comedor y él le preguntó a Marcela:

—¿Qué opinas? Ya la escuchaste. ¿Qué te pareció?

—No sé. Tengo que decir que me parece sincera. Tiene sentido lo que dice.

Esa tarde, Sandra no salió de su tienda ni para comer. Manuel y Marcela aprovecharon para platicar con Nahia en el comedor, cuando todos se hubieron retirado.

—Nahia, te agradezco mucho las muestras de solidaridad que me diste a pesar de cómo te traté. Sabes que tengo que encontrar el códice y, de paso, al asesino de Emilio. Comprenderás que hay cosas que no están claras y que no puedo confiar en nadie. —Hablaba con sencillez, aunque con un tono muy distinto a la primera vez que la interrogó—. Por favor, explícame cómo fue lo de la desaparición de tu ropa interior.

—Qué te puedo decir. Estoy segura de que estaba entre la ropa sucia —respondió casi con timidez—. Siempre reviso y cuento la ropa que llevo a lavar para estar segura de que no me falta nada cuando vuelve. En cuanto me puse a revisar la que trajimos, enseguida vi que me faltaba. Conté varias veces los distintos tipos de ropa. La única persona que tuvo oportunidad de tomarla fue Sandra. Lo más raro es que apareciera en el saco de dormir de Emilio. Nunca hicimos nada dentro del saco. No tenía por qué estar ahí.

—Pues ella dice que no la tomó. Que ni siquiera sabía que la habías perdido.

—Y hay más: el otro día estaba hablando con una persona que no es del campamento. Al acercarse uno de los chicos se apartó, pero el chico llegó a oír que le estaban pidiendo una cantidad de dinero. No podía saber para qué. Él es mi compañero de grupo y que me lo contó en confianza. No le di importancia entonces, pero ahora…

—Es por la enfermedad de su mamá. La va a someter a un tratamiento. Eso dice.

—Pero hablaban de mucho dinero. No sé cuánto, pero mi compañero me dijo que ella había dicho: «Eso es demasiado. En toda mi vida no podré juntar algo así».

—Bueno, pues ya sabemos que necesita la plata, pero eso no la hace una asesina —intervino Marcela.

El crepúsculo tiñó de colores el cielo. Las aves trinaban dispuestas ya a acomodarse en los árboles para pasar la noche. Los que se encontraban en el campamento se disponían a cenar. Manuel y Marcela se ubicaron en la mesa de Mayor y Sandra se fue con los becarios, junto a Nahia.

—¿Qué le pasa a Sandra? Normalmente nos acompaña a la mesa —dijo Mayor sin dejar de mirar a la mesa de los estudiantes.

—Es que acabo de tener una charla un poco difícil con ella —aclaró Manuel—. Fue quien le dijo a Euán que yo tenía el teléfono de Emilio. A ella le debo mi arresto.

—¿Y cómo se enteró? No creo que tú se lo dijeras.

—Me oyó comentárselo a Nahia, pero en lugar de preguntarme fue directa a Euán para contárselo.

—¿Qué piensas que significa eso?

—Pues no sé. En la mañana hablamos con ella. Según ella, yo no le había dicho que lo ocultara. Eso me parece una pendejada, pero es su excusa. En fin, creo que hay cosas raras en todo esto.

—Desde el principio las hay. Por eso te pedí que te hicieras cargo del asunto. Es difícil confiar y no quiero que Marcela se meta en problemas.

—¡Qué cabrón te viste!

—¿Por qué?

—No quieres que Marcela se meta en problemas, pero yo sí. Que me lleve la chingada.

—¡No! No se trata de eso, es que tú tienes más experiencia y capacidad para manejar los problemas de este tipo. Además, los trabajadores confían más en ti, eres uno de ellos.

—Hmmm… No trates de componerlo, ya lo dijiste.

—Te pasas.

—Eso dicen. ¿Y bien? ¿Me vas a contar qué sucedió el fin de semana?

—Nada extraordinario. Cuando te llevaron, la gente se quedó muy inquieta. Algunos se molestaron mucho. No sabían por qué te detenían. Les expliqué que era un malentendido porque tú estabas investigando el crimen también y que la policía tenía que aclararlo todo. Que pronto regresarías. Les va a dar mucho gusto verte. El trabajo ha avanzado, pero el ambiente es tenso. No es lo mismo que antes. Creo que esta temporada nos dejó marcas en el espíritu a todos.

—¿Cómo reaccionaron Sandra y Nahia?

—Nahia no puede disimular que está muy afectada. Estuvo llorando mucho. Esa niña te tiene cariño. Le duele que la acuses.

—Pues sí, pero no puedo descartar a nadie. Pero tengo algunas dudas. Parece que todo apunta hacia otro lado. No sé. Igual puede que sea una forma de despistar. El que hizo eso lo planeó bien; está claro que no descuidó los detalles.

—No te metas en más líos. Si se complica, deja que lo resuelva Euán. Él es profesional y tiene el respaldo de la ley. Tú eres vulnerable.

—Sí. Tengo que cuidarme, pero me preocupa perder el códice. Creo que todavía podemos hacer algo. Si me parece que no puedo, te digo.

—Bueno, pero no seas imprudente. No te expongas.

—No te preocupes, seré cuidadoso.

ENTRE LAS EMBAJADAS DE MÉXICO Y ESPAÑA

Nahia terminó de lavarse los dientes y volvía a su tienda a guardar el cepillo y la pasta cuando los trabajadores se encaminaban ya a sus respectivas tareas. Tenía la intención, como en los últimos días, de incorporarse al equipo que estaba trabajando en las excavaciones del juego de pelota. El día anterior habían encontrado unas ofrendas y quería ver si había más. Tuvo un pequeño sobresalto cuando sintió una mano sobre su hombro.

—Nahia, ¿dónde vas?

—¡Sandra! ¡Qué susto! Estaba… ¡quién sabe dónde! Mi cabeza… —dijo llevándose la mano a la frente—. Voy a trabajar en el juego de pelota.

—Te he llamado, pero no me contestabas.

—No te he oído. Perdona. ¿Pasa algo?

—Acompáñame, voy al pueblo un momento y no quiero ir sola.

—¿A Oxkutxcab?

—No, más cerca, a Xul. Voy a hacer una llamada. Es el punto más cercano donde hay señal.

—De acuerdo. Vamos. ¿Le has avisado a Mayor?

—Sí, claro. Le he dicho que iríamos las dos.

—Muy bien.

Antes de una hora, sentada en el asiento del copiloto de una de las camionetas del equipo, Nahia atestiguó la llamada de Sandra. No pudo saber qué le decía su interlocutor, pero no perdió detalle de lo que ella decía.

—Bueno, doctor, soy Sandra Luna, le llamo desde México… […]. Sí, todavía estamos en la zona arqueológica. Tengo que comunicarle algo tremendo: asesinaron a Emilio Barrio. Lo mataron para robarle un códice que encontramos… […]. Los demás estamos bien, pero no sé por cuánto tiempo. […]. Los chicos, asustados… […]. Sí, sí. La policía está ya investigando. No sé si han logrado algún avance; ya sabe usted cómo son los policías en los países del tercer mundo […]. Detuvieron a uno de los arqueólogos mexicanos, pero ya lo han soltado... […]. No, no se preocupe. Solo que en estas condiciones no hay mucho que hacer aquí y la policía nos está hostigando por ser extranjeros. Temo por nuestra seguridad. No sabemos si se les ocurrirá culpar a uno de nosotros para no quedar mal ante su gobierno...

Hubo un tiempo de silencio en que Sandra solo gesticulaba con la cabeza, asintiendo, y Nahia la miraba de hito en hito.

—Yo también creo que lo más conveniente es que regresemos cuanto antes, pero no sé si es posible. Hay un convenio con la universidad de aquí; además, por lo de la investigación, no sé si la policía nos dejará viajar. […]. Por favor, es importante. […]. Sí, muchas gracias. Le mantendré informado. Yo misma haré el informe final de la investigación.

Nahia escuchó todo sin decir palabra. Al terminar de hablar, Sandra puso en movimiento el vehículo y enfiló hacia el campamento.

—¿Por qué has dicho que la policía nos está hostigando y todas esas cosas?

—Porque si no les digo eso nos quedaremos en México todo el tiempo que dure la investigación. Aquí la policía no es muy eficiente y les lleva años resolver un caso; eso, si lo resuelven. ¿Te gustaría quedarte unos años aquí? Porque no te van a mantener. Tendrás que ver cómo te ganas la vida. Además, no tienes visa de trabajo y no puedes trabajar.

—No, no me gustaría quedarme aquí. Me gusta el país, me gusta su gente, pero quiero volver cuánto antes.

—Entonces no digas nada y deja que yo lo resuelva. Los de la universidad van a ayudarnos a salir de aquí muy pronto.

Al día siguiente, después del descanso para tomar el keyem, Manuel se instaló en el comedor con la laptop de Marcela para revisar el disco en el que conservaba copia de todos sus datos. Repasaría todos sus apuntes y fotografías a ver si podía encontrar alguna pista. De paso, actualizaría sus notas.

A los veinte minutos de estar absorto en su labor, una camioneta negra de lujo que hacía su entrada en el campamento le llamó la atención. Descendió del vehículo un hombre de alrededor de sesenta años, calculó: las canas ya matizaban sus sienes y el bigote. Vestido con pulcritud, se movía hacia él con seguridad. Pensó que el hombre estaba acostumbrado a mandar y a ser obedecido. Era el tipo de persona que se movía entre poderosos.

—Disculpe usted. Estoy buscando al arqueólogo Marcos Mayor González. ¿Dónde puedo verlo? —Hablaba con un ligero acento español, apenas perceptible.

—Claro, ahora le indico. ¿Quién es usted?

—Dígale que lo busca el Ingeniero Rodrigo Serra, cónsul honorario de España en el sureste mexicano.

—Espere aquí, por favor. Voy a buscarlo.

Por alguna razón que no supo explicarse, le molestó la presencia y la actitud del visitante. Sin embargo, sabía que estaba ahí por el asunto de Emilio y eso significaba más manos metidas en la investigación. Encontró a Mayor en las excavaciones del juego de pelota. Se le acercó y, sin que lo oyeran los demás.

—En el comedor está el cónsul honorario de España. Pregunta por ti. Es un tipo arrogante y no creo que tenga nada bueno que decir.

—Vamos a ver qué quiere. Espero que no haya más problemas.

Le dio una palmada en la espalda mientras le hablaba. Se volvió hacia donde estaba Nahia, a metro y medio de distancia.

—Continúa con lo que estamos haciendo —le indicó—. Voy al campamento. Ve que criben esa tierra que están sacando y encárgate personalmente de tomar las fotografías de lo que aparezca.

—Está bien —respondió ella sin levantar la vista, centrada en lo que hacían los trabajadores.

Caminaron hacia el campamento en silencio, con pasos rápidos, como si quisieran terminar con todo de una vez.

—Buenos días. Marcos Mayor a sus órdenes. —Le extendió la mano para saludarle. Manuel se quedó a su lado, rígido, en silencio.

—Buenos días, arqueólogo. —El visitante le estrechó la mano con frialdad. —Soy el ingeniero Rodrigo Serra, cónsul honorario de España en el Estado.

—Sí, me lo informó mi colega. ¿A qué se debe su presencia en nuestro campamento?

—Mire usted. Ayer se comunicó con la Universidad Complutense una persona de nuestro equipo aquí para informar sobre el penoso suceso acaecido hace varios días. Estamos consternados por el trágico deceso de Emilio Barrio. La rectoría estableció contacto con el gobierno español y me dieron instrucciones de repatriar, de inmediato, el cuerpo del arqueólogo y a nuestro personal en este proyecto. Quiero pedirle que, por favor, los reúna para que yo tenga una charla con ellos y se organicen para viajar cuanto antes. En lo que respecta a la contabilidad del proyecto y el dinero que pudiera quedar pendiente, lo resolverán entre las universidades y el INAH.

—Muy bien, pero estará usted de acuerdo que yo solo recibo instrucciones de mi universidad y tengo que ponerme en contacto con ellos para que me indiquen lo que proceda. Como cortesía, puedo reunir a los estudiantes y arqueólogos extranjeros —dijo enfatizando la palabra— pero hasta ahí. Si ellos abandonan el proyecto, así lo declararé en mi informe. Además, tenemos que avisar a las autoridades locales, porque hay una investigación criminal en curso y nadie tiene autorización para abandonar el campamento.

—Le comprendo, señor, pero le recuerdo que son ciudadanos españoles, por lo que no están sujetos a las leyes locales.

—Es correcto, pero en cuestiones de este tipo hay acuerdos y tratados internacionales, caballero, por lo que las autoridades locales decidirán sobre lo pertinente.

—De acuerdo. La embajada se encargará de lo que proceda. Ahora, si no tiene ningún otro asunto, me gustaría tener una reunión discreta con los españoles que se encuentren en el campamento.

—Puede ser aquí mismo. Nadie les molestará. Todavía falta para la comida, así que este espacio está desocupado a esta hora. Escoja su ubicación y veré que avisen a los extranjeros. —Y volvió a pronunciar esta última palabra con más énfasis del necesario.

—Muchas gracias.

Mayor y Manuel se dirigieron al juego de pelota. Solo Manuel se dio cuenta de que Sandra se acercaba al visitante al retirarse ellos.

Enviaron a un par de trabajadores a avisarles a los españoles de que los esperaban en el comedor.

Mientras escuchaba al cónsul, Nahia pensaba en todo lo que había pasado en esta aventura. Recordó la angustia de esconder su embarazo, el dolor y la frustración por el rechazo de Emilio, la soledad de no saber qué hacer, el miedo y el dolor al enterarse del crimen, la frustración y enojo por las acusaciones de Manuel, la solidaridad de Marcela, la compasión por Manuel cuando lo vio regresar golpeado hasta el alma, la sorpresa al descubrir rasgos de la personalidad de Sandra que no sospechaba. Estaba oyendo, viendo y sintiendo tantas cosas… Le desconcertaba no saber qué hacer. Tenía claro que debía actuar de acuerdo con sus valores y que su acción debía guiarse por lo correcto, pero ¿qué era lo correcto? Ahí estaba el problema. Sus compañeros estaban inquietos. Solo Sandra se mostraba tan controlada, tan segura de sí misma, tan decidida.

—Una vez analizados los hechos, en la Universidad Complutense y en el Ministerio de Asuntos Exteriores, Unión Europea y Colaboración, se determinó que ustedes decidieran si se quedan en México o regresan a España. Hay un avión en Cancún que parte para Madrid el jueves doce. Necesito que decidan ahora para enviarles unos vehículos a recogerlos pasado mañana temprano y llevarlos al aeropuerto. Ahí les estaré esperando para apoyarles con los trámites de migración. Quienes decidan quedarse tendrán que regresar por su cuenta cuando deseen, aunque el consulado estará pendiente de su seguridad. Si alguno de ustedes fue maltratado por las autoridades locales, que me lo diga ahora para presentar las quejas diplomáticas correspondientes.

Los estudiantes se miraban entre sí. Nahia no perdía de vista a Sandra, que parecía ajena a todo eso, sentada cerca del cónsul y con una tranquilidad que nadie más tenía.

—Pues no sé los demás, pero yo sí me voy. Me da miedo morir como el maestro Emilio. En lo personal, reconozco que nadie me ha maltratado, al contrario, el trato ha sido muy bueno, pero quiero marcharme —dijo una estudiante poniéndose en pie y mirando a sus compañeros, como buscando apoyo a sus palabras.

—Yo también —respondió otro—. El ambiente está muy tenso y no vemos que haya seguridad.

En un instante todos empezaron a hablar al mismo tiempo.

—¡Un momento! —Sandra tuvo que levantar la voz para hacerse oír—. Si hablamos todos a la vez, no nos entendemos. Los que quieran irse que levanten la mano para que podamos contarlos.

Todos levantaron la mano. No hubo necesidad de contarlos.

—Señor, como puede apreciar, hay unanimidad. Somos doce... —Hizo una pausa para corregir su error: Emilio ya no regresaría... o lo haría de otro modo—. Perdón, once los que vamos a regresar. Indíquenos a qué hora llegará el transporte.

—Muy bien. Arreglaré todo para su salida. Como he dicho, el jueves temprano estarán aquí dos camionetas para llevarlos al aeropuerto.

—Por favor, permítame un momento —interrumpió Sandra—. A pesar de la necesidad de salir cuanto antes y del estado de ánimo del equipo, tenemos algunas responsabilidades que atender. No podemos abandonar el trabajo así, sin más. Tenemos el resto del día de hoy y todo el día de mañana para redactar nuestros informes, ordenar notas, fotografías, mapas y todo el material generado en esta temporada de campo.

El cónsul hizo ademán de celebrar la buena disposición de la ceramista con un gesto de la cabeza que rubricó con las manos. Sandra, dirigiéndose al equipo y a sus compañeros, agregó:

—Chicos, redactad vuestros informes y me los entregáis mañana por la noche. Yo me encargaré de hacérselos llegar a Mayor antes de irnos. No somos irresponsables. Estamos haciendo un buen trabajo y vamos a echarlo a perder abandonando todo de mala manera.

—Muy bien. —El cónsul asintió con la cabeza—. Esa es la actitud correcta. El jueves 12 de abril, a las ocho de la mañana, estarán aquí las camionetas para llevarles al aeropuerto de Cancún. Tengan a mano sus pasaportes. Buenas tardes.

PREPARANDO LA PARTIDA

La luna en cuarto menguante asomaba tímida entre las nubes. Eran las diez de la noche del martes diez de abril de 2018. La temperatura era agradable, aunque había mucha humedad. Manuel estaba sentado con Marcela en las piedras del muro oriente del juego de pelota. Disfrutaba de la noche, la compañía y una agradable plática sobre los acontecimientos del día.

—Entonces tú consideras que todos los españoles van a regresar a su patria ahora para aprovechar el viaje gratis. —Le dio un sorbo a su café y continuó diciendo—: Es la primera vez que concluye una temporada de campo antes de tiempo, sin terminar el trabajo. También es la primera vez que asesinan al director del proyecto. ¿Qué crees que hará Mayor?

—Tú eres su amigo, más que yo. —Marcela lo miró a los ojos. Una sonrisa le iluminaba el rostro—. ¿Te ha dicho algo? Después de la plática con el cónsul yo no pude hablar con él.

—Yo tampoco. Estuvo ocupado con el teléfono y no salió de su tienda en casi todo el día. Ni quise molestarlo. Ahora tiene que hacerse cargo de la administración del proyecto y de poner al día muchas cosas que Emilio tenía pendientes.

—Así es. Hay mucho por hacer. Administrar un proyecto de esta naturaleza no es fácil. Yo prefiero entenderme con mis trabajadores y dedicarme al trabajo arqueológico nada más. La administración no es lo mío.

Guardaron silencio por un momento, el que se rompió por la voz de Nahia a sus espaldas.

—¿Interrumpo algo?

No la habían oído llegar y se sobresaltaron. Marcela fue la primera en responder:

—Nada en particular. Estábamos platicando y disfrutando de la noche. Cada vez hay menos momentos de tranquilidad en este campamento.

—La noche es una delicia. ¿Me dejáis que os acompañe, que me tome un café con vosotros?

—Claro que sí. Por favor, ponte cómoda donde prefieras. ¿Cómo estuvo tu día? ¿Qué sucedió?

—Por eso os buscaba. Para hablaros de lo que ha ocurrido y del acuerdo al que se ha llegado. Aunque supongo que ya estáis enterados.

—Escuchamos algo, pero nos gustaría saber los detalles. Es curioso, pero los muchachos están un poco nerviosos y Sandra se mantiene distanciada, como si no quisiera hablar con nadie.

—Algo le ocurre. Su comportamiento es un poco extraño en los últimos días —terció Marcela.

—No sé qué le pasa ni qué te pasa a ti, Manuel. Desde la muerte de Emilio tampoco eres el mismo. —Nahia tomó un sorbo de su café y continuó—: Creo que a todos nos afectó. Tengo la impresión de que se molestó porque la acusaste de ser quien le dijo al policía que tú tenías el móvil de Emilio.

—Nada más la confronté con los hechos. Ella admitió haberlo hecho, pero nunca me dio una explicación satisfactoria de por qué lo hizo.

—Ayer, cuando me dirigía a mi puesto, después de desayunar, me pidió que la acompañara al pueblo. Pensé que sería a Oxkutzcab, pero fuimos a Xul; según ella, era el punto más próximo con línea telefónica y wifi. —Nahia hizo una breve pausa, se aproximó un poco más a ellos y continuó—. Llamó a Madrid, a la Complutense, para informar de lo de Emilio. Dijo que la policía de aquí nos estaba acosando por ser extranjeros, que todos corríamos peligro. Luego le pregunté que por qué había dicho eso, que no era cierto que nos acosaran. Dijo que era la forma de regresar rápido a España, que ella ya se quería ir y estaba segura de que los demás también. Insistió en que si no lo hacía así nos quedaríamos retenidos en México más de un año, que no podríamos salir hasta que la investigación se cerrase.

—Está desesperada por regresar a España. Supongo que debe ser por la enfermedad de su mamá —dijo Manuel. Y miró a Marcela, que permanecía en silencio.

—Tal vez. Es difícil estar lejos de una madre, sobre todo, si se encuentra enferma —dijo Marcela estirando las piernas y mirando al cielo.

—No sabía que su madre estuviera enferma. No me dijo nada...

Nahia frunció el ceño y arrugó los labios. Calló. Sandra era encantadora con ella. No habían sido compañeras de colegio, pero se conocían desde la universidad y habían hecho juntas las prácticas. ¿Por qué no le había dicho nada?

—La cuestión es que hoy —siguió diciendo—, en la reunión con el cónsul, todos hemos votado por regresar cuanto antes. Mañana haremos las maletas, pondremos en orden los apuntes, avanzaremos tanto como podamos con los informes y se los entregaremos a ella. Ha dicho que se encargará de hacérselos llegar a Mayor. El jueves, temprano, vendrán a buscarnos para llevarnos al aeropuerto de Cancún. Creo que el vuelo es al anochecer, pero no sé la hora. Aunque mañana tendremos oportunidad de despedirnos, quería deciros que os voy a echar de menos.

Marcela abrió los brazos en una clara invitación que Nahia aceptó y, un instante después, incorporaron a Manuel, fundiéndose los tres en un abrazo de despedida al abrigo de la noche.

—Aquí dejas amigos. Cuando quieras venir a visitarnos, llegas a tu casa. No necesitas avisar ni preocuparte por alojamiento y comida. En casa siempre habrá un lugar para ti.

Nahia solo pudo asentir con la cabeza. Depositó un beso en la mejilla de su amiga, otro en la de él y musitó un «gracias» apenas audible.

En la mañana del miércoles previo a la partida, los españoles se quedaron en el campamento. Revisaron sus notas, integraron sus informes y acomodaron sus cosas para el viaje. Marcela supervisaba las excavaciones y Mayor y Manuel supervisaban el avance del proyecto en el comedor tratando de reorganizar el trabajo con el personal que se quedaría. Era necesario ajustar las metas y el presupuesto, pues la mayor parte del dinero era aportado por la delegación española.

Mayor tuvo que ir al aseo y dejó a Manuel concentrado revisando unos croquis, comparándolos con lo que tenía en la pantalla de la laptop. Al volver, la voz de Mayor lo sacó de sus pensamientos:

—Tengo que viajar a Mérida. Hay reunión, por la tarde, con el cónsul español. Quieren revisar las finanzas y acordar la liquidación del proyecto. Anoche me avisaron. Te quedas a cargo de todo. —Y mirándolo fijamente, añadió—: Por favor, no hagas nada que pueda meterte en problemas. Voy a aprovechar para hablar con el rector sobre tu caso, a ver qué hicieron los abogados. Ya es hora de que me vaya.

—Está bien. No te preocupes. Continuaré examinando los avances del proyecto y le pediré a Nahia que me ayude con el trabajo de campo.

—Solo estarán ustedes dos. Yo regreso mañana por la tarde o al día siguiente. Apenas termine todo lo que tengo que hacer, vengo directo.

—Vete tranquilo. Yo me hago cargo. Solo recuerda que, si te retrasas un día más, el sábado hay que pagar a los trabajadores. —Hizo el característico gesto de frotar el índice y el pulgar—. Trae el dinero a tiempo, por favor.

Mayor asintió con la cabeza, recogió su computadora y unos papeles de la mesa y marchó para su tienda.

Pasó el tiempo revisando los avances del proyecto, cuadrando informes y reorganizando las cargas de trabajo para ajustarlas al número de personas que se quedarían.

Al llegar los trabajadores, estudiantes y pasantes al comedor cayó en cuenta de que era hora de la comida. No había avanzado mucho. Tendría que trabajar hasta entrada la noche para tener lista la reorganización al día siguiente. Recogía ya sus cosas cuando Marcela y Nahia se acercaron a la mesa en la que se encontraba y se sentaron junto a él.

—¿Estás muy ocupado? —Nahia le sonreía con calidez—. ¿Podemos acompañarte a comer?

—Después continúo. Les agradezco la compañía. ¿Qué tenemos hoy para comer?

—Para despedir a los españoles, hicieron queso relleno.

—¡Guau! Se lucieron en la cocina. A nosotros nunca nos tratan así. ¿Quién lo pidió? —preguntó mirándolas con un gesto de sorpresa un tanto exagerado.

—Yo —reconoció Nahia. Sonrió para disimular que se había sonrojado levemente—. Lo probé en Oxkutzcab hace como un mes y me pareció delicioso. Me apetecía comerlo una vez más, antes de marcharme.

No bien habían empezado a comer cuando se les acercó Sandra. Manuel se fijó en que llevaba un short muy corto y ceñido, combinado con una blusa de escote generoso.

—Manuel, hola. Me dijo Mayor que te hiciera entrega a ti de los informes. Ya están listos. Después de la comida te los traigo. ¿Te parece bien que te los traiga aquí? —La mujer lo trató con inusual afabilidad.

—Sí. Estoy trabajando aquí. No me moveré en un buen rato. Cuando te parezca. No hay prisa.

—Claro. Gracias. Voy a comer con los chicos —dijo alejándose sin voltear atrás.

—¿Qué le pasa? —preguntó Manuel con el ceño fruncido—. Está comportándose como una colegiala.

—No sé, pero creo que te estaba coqueteando —dijo Marcela sonriendo divertida—. Si no aprovechas la noche de hoy, se te va a escapar.

Nahia también le guiñó el ojo con picardía.

—Ni loco que estuviera. —Devolvió el guiño y miró a Marcela—. Yo soy fiel a mi bandera.

—Ja, ja, ja —Marcela no pudo contener una ruidosa carcajada—. Cualquiera te lo creería.

La comida transcurrió en un ambiente tranquilo, incluso más de lo acostumbrado.

Por la tarde todos permanecieron en sus tiendas. Sandra entregó los informes cerca de las seis. Nahia se fue a terminar de empaquetar sus cosas y Marcela se quedó con Manuel para ayudarlo.

La mañana de ese jueves, a las nueve en punto, una caravana de camionetas llegó al campamento en busca de los españoles. Tras una breve despedida, partieron hacia el aeropuerto de Cancún, y Manuel y Marcela se quedaban en el campamento al frente del proyecto.

Durante la cena les informó de lo acordado con las universidades, la de Yucatán y la Complutense, en cuanto al finiquito del proyecto. Sobre la situación de Manuel, no había novedades. La investigación seguía su curso y su demanda estaba con el juez.

¡SAQUEADORES!

Faltaba una hora para el mediodía, pero el sol ya empezaba a calentar como un infernal augurio de lo que sería el mes de mayo. Manuel estaba con Marcela en el comedor. Miraba el campamento, las tiendas, el yaxché y su generosa sombra, y repasaba a la vez los acontecimientos de los días anteriores. Era una temporada de campo muy extraña. El crimen, el robo, la prisión, el hospital, la muerte de su mamá formaban el doloroso conjunto de características de ese año.

—Se ve diferente el campamento sin que ronden por ahí —dijo Marcela sacándolo de sus cavilaciones.

—Así es, nos acostumbramos a ellos —replicó Manuel en tono distraído.

—¿Y cómo nos vamos a distribuir el trabajo? —Marcela le tomó una mano entre las suyas.

—Creo que no podemos continuar. No tenemos ceramista y sí mucho trabajo pendiente. Hay que revisar los informes que entregaron. Debemos hablar con Mayor hoy. —De pronto, dio un respingo—: ¡Vamos a la cueva! Seguro que hay algún indicio que nos ayude con el asunto del códice. —Sus ojos brillaron con un destello de energía súbita y se dio un salto—. ¿Quieres acompañarme? No se ha hecho trabajo ahí dentro, así que está tal como la dejó la policía.

—¿Pero no será un delito? —Marcela sonó dubitativa—. ¿Seguro que no tendremos más problemas?

—No te preocupes, no vamos a alterar nada. Solo le daremos un vistazo y tomaremos fotos. Es una visita rápida.

—Tengo miedo de que te pase algo. No olvides que la policía te tiene fichado. No quiero que te vuelvan a lastimar.

—Tranquila. Confía en mí. No va a pasar nada. —Reunió en su rostro toda la ternura de la que fue capaz—. Estoy seguro de que Euán y los suyos ya terminaron ahí; además, tenemos que hacer un registro arqueológico y eso es cosa nuestra.

—Como digas, pero no cometamos imprudencias. Vamos antes de que se haga más tarde.

Recogieron el equipo que necesitaban y avisaron a Mayor antes de internarse monte adentro. Se movían en silencio, atentos a los sonidos de la naturaleza. Se detuvieron unos minutos en el cenote, tomaron algunas fotografías y continuaron su camino.

De pronto, Manuel se detuvo y detuvo a Marcela, que lo interrogaba con la mirada.

—Escucha —dijo llevándose la mano a la oreja. Inclinó la cabeza en dirección a la cueva.

Marcela guardó silencio y prestó atención.

—Se oyen voces. Alguien está ahí —advirtió en un susurro.

—¡Exacto! —Manuel frunció el ceño al tiempo que la mirada recorría los alrededores. Solo podía ver vegetación—. Hay gente en la cueva. No son del equipo ni policías. Los trabajadores del campamento están ocupados y la policía hubiera pasado a avisarnos de que estaría ahí. ¡Cuidado! Son varias personas.

—Deben tener prisa, porque no tienen la precaución de guardar silencio.

—Y deben creer que no hay gente cerca. Estamos en el monte y no nos vieron llegar, de lo contrario, los hubiéramos visto también. Me gustaría que regresaras porque puede ser peligroso. No sabemos qué clase de personas son y no quiero que te suceda nada malo.

—¿Qué te pasa? El que se mete en líos eres tú. A mí no me han encarcelado ni golpeado. No te voy a dejar solo. No podría dormir tranquila si te pasa algo.

—Está bien. Pero no hagas nada imprudente.

—Tú tampoco seas imprudente. Si hay problemas, nos retiramos y punto.

—De acuerdo.

Avanzaron con cautela, tratando de no hacer ruido. Llegaron a un punto en el que podían observar desde unos arbustos sin ser vistos.

—Son varios. Conté cinco por lo menos, pero no sabemos si habrá más dentro —dijo Manuel al oído de Marcela.

Ella asintió con la cabeza.

—Están sacando los artefactos de la cueva. Son saqueadores profesionales. Debemos avisar a la policía.

—No hay tiempo. En lo que regresamos, vamos a Xul y llamamos por teléfono, se hace tarde. Los policías vendrían mañana y esta gente ya habría desaparecido con todo lo que puedan llevarse.

—¿Y qué quieres hacer?

Pero Manuel ya se había echado a andar y se dirigía hacia los ladrones, que se quedaron quietos al verlo. Ella no tuvo más remedio que ir detrás de su compañero.

—¿Quiénes son ustedes? —preguntó procurando que su voz sonara fría, calmada, aunque su cara solo denotaba desprecio—. No pueden estar aquí. Esto es propiedad de la nación. Están cometiendo un delito.

Uno de los bandoleros se dirigió a ellos en actitud amenazadora.

—¿Qué quieren? No tienen nada que hacer en este lugar. Será mejor que se vayan o van a salir lastimados. ¿Quiénes son y de dónde vienen? No se metan en nuestros asuntos.

—Trabajamos en el gobierno y ustedes están allanando un lugar sellado por la fiscalía del estado. Retírense de inmediato y no presentaremos cargos. —Manuel sonó muy seguro de sí mismo. Dio unos pasos hacia la entrada de la cueva—. Dense prisa, que ya están por llegar mis compañeros.

—¿Ustedes quiénes son? ¡Identifíquense! —La amenazadora voz tronó a su costado izquierdo y se sobresaltaron sin darles tiempo de disimular.

—Somos inspectores federales. Estamos evaluando el sitio. Está prohibido acercarse a este lugar. Ustedes violaron los sellos de la fiscalía. Retírense o serán detenidos.

—¡Qué inspectores ni qué nada! Deténganlos. —El tipo que parecía el jefe se dirigió a sus hombres mientras los señalaba con el dedo.

Marcela abrió los ojos y se llevó una mano a la boca. Manuel la tomó de la mano y la jaló hacia el monte.

—¡Corre y no mires atrás! —Manuel la llevaba de la mano—. Vamos al campamento. Aquí son muchos, pero ahí somos más. Los trabajadores tienen machetes.

En ese momento escucharon los gritos de los hombres que los seguían.

—¡Se fueron por ahí!

—¡Detrás del cedro, rodearon la ceiba!

—¡Vayan tras ellos! ¡No los dejen escapar!

LA HUIDA

Brincando entre las raíces de los árboles, rasgándose la piel con las espinas y las ramitas sueltas, Manuel y Marcela corrieron rumbo al cenote, oyendo tras de ellos a sus perseguidores que, por momentos, parecía que les daban alcance y en otros que se detenían a buscarlos.

Las raíces de los árboles, los arbustos, las ramas caídas y el suelo desigual no conformaban el terreno idóneo para una carrera, aunque los ladrones tampoco podían ir muy rápido. De cualquier modo, ellos tenían una ventaja: conocían el camino de regreso al campamento, aunque con la prisa hacían mucho ruido y no era difícil seguirlos.

Oían los golpes de machete que daban los delincuentes para abrirse camino y las voces que, a través del follaje, les llegaban como un acicate para no aminorar la velocidad.

De pronto, Manuel se detuvo en seco, tomó a Marcela y le puso la mano en la boca con delicadeza. Ella lo miró a los ojos mientras se le pegaba al cuerpo en un abrazo que, en aquel momento, demandaba una imperiosa necesidad de protección.

Manuel la condujo hacia unos arbustos y la apremió para que se agachara. Él hizo lo propio y se acomodó junto a ella asiéndola por el hombro.

—Si nosotros podemos oírlos, ellos también nos oyen a nosotros —le musitó al oído—. Nos siguen por el ruido que hacemos al correr. Vamos a movernos más despacio y en silencio. Así los perderemos. No saben hacia dónde vamos.

Marcela asintió con la cabeza y echaron a caminar con cuidado, fijándose muy bien dónde ponían los pies. El cenote estaba relativamente cerca, pero había que dar un pequeño rodeo del que solo sabían quienes conocían el camino.

Al llegar al pozo, Marcela resbaló en la piedra y a punto estuvo de caer al agua. Se sostuvo de una rama y Manuel, en un movimiento reflejo, estiró la mano y la enlazó por la cintura.

Continuaron su carrera sin detenerse, hasta llegar al campamento.

—¡Auxilio! ¡Nos persiguen! —Marcela no pudo contenerse y sus gritos se oyeron por toda la zona arqueológica.

Los trabajadores, que en ese momento estaban en el comedor, se levantaron como si alguien hubiera movido una palanca oculta en las sillas.

—¿Qué es? —La voz de Mayor tronó por encima del alboroto—. ¿Quién los persigue? Siéntense un momento.

Más tardaron en sentarse en una mesa y narrar lo que había sucedido que en organizarse y, Manuel, Marcela y un grupo de más de quince trabajadores, machete en mano, se dirigieron hacia la cueva encabezados por Mayor.

UNA CAJA VACÍA

De regreso en la gruta, el grupo de arqueólogos y trabajadores descubrió que los saqueadores habían abandonado el lugar, dejando desperdigado por el piso todo lo que habían sacado, sin importarles el daño causado al material ni, menos aún, a la ciencia.

Manuel mostraba un rostro de hielo mientras observaba el desastre que habían dejado los criminales. Los trabajadores, junto con Marcela, fueron revisando con exquisito cuidado lo que se hallaba en el piso. Mayor, a su vez, tomaba fotografías de todo. De pronto Manuel reaccionó, se acercó a la entrada y batió palmas un par de veces mientras daba voces.

—¡Por favor, acérquense un momento! ¡Vamos a organizarnos!

La gente empezó a formar un semicírculo en torno a él. Mayor y Marcela lo miraban con curiosidad. Cuando estuvo seguro de que tenía la atención de todos, habló:

—Les agradezco mucho su atención. Escuchen, por favor. Todos sabemos que hace poco mataron al compañero para robarle el códice que encontramos en la zona arqueológica. —Pasó la vista por los presentes y constató sus reacciones—. Saben también que estuve en la cárcel, que me golpearon, me mandaron al hospital, todo porque estoy interesado en averiguar quién mató a nuestro compañero y amigo; porque quiero saber quién es el criminal que terminó con su vida y robó el códice. Ya no podemos devolverle la vida, pero podemos encontrar la reliquia y contribuir a que se conozca mejor nuestra gran cultura maya, ejemplo para el mundo de antes y de ahora.

—¿Qué quieres que hagamos? ¡Solo dinos lo que necesitas! —dijo un hombre que se ganó la aprobación de sus compañeros con un aplauso breve.

—Es muy probable que el códice esté escondido aquí, esperando que lo olvidemos para que regresen a buscarlo. Vamos a dividirnos el trabajo. Nos organizaremos en dos grupos: uno, con Mayor, buscará aquí afuera. Que no quede lugar sin revisar. Hay que registrar meticulosamente en un radio de veinte metros a la redonda. Somos suficientes para hacerlo rápido y bien. Los demás, conmigo, vamos a inspeccionar el interior de la cueva de la misma manera, con mil precauciones pero sin dejar un centímetro por revisar. Si el códice está aquí, lo encontraremos en menos de una hora.

Se dividieron los trabajadores en dos grupos de un tamaño similar. Afuera se quedó Mayor y Manuel entró con Marcela y el otro grupo.

—Ustedes revisen la cámara del altar de arriba abajo. Es probable que haya grietas en las paredes de piedra o en el piso. No deben descuidarse. Marcela, por favor, quédate con ellos y toma fotografías. Ustedes —se dirigió a otro pequeño grupo—, vengan conmigo. Vamos al pasillo y a la cámara donde encontramos el cadáver. Haremos lo mismo. El grupo que termine primero ayudará a sus compañeros.

Se adentró en el interior de la otra cámara, no sin dejar algunos trabajadores para que rastrearan el pasadizo entre las distintas piezas.

Ya en la sala donde encontraron el cadáver, pensó en su amigo muerto, en él tendido en medio de su propia sangre. Movió la cabeza varias veces, de un lado a otro, como negando esos pensamientos, y se aplicó a dirigir la búsqueda.

Mientras los trabajadores revisaban con minuciosidad cada rincón de la cueva, él seguía tomando fotografías de todo, generando evidencia gráfica de cómo encontraron el lugar violado por los saqueadores y de lo que hacían sus hombres.

Media hora después, contemplaba absorto los grabados de la pared y sintió que una mano que le tocaba el hombro. Desvió la cabeza. Era Marcela y le sonreía.

—Tienes que ver esto. Ven, por favor.

Asintió y la siguió por el camino, entre sus hombres que se afanaban en la búsqueda sin dejar un solo rincón por escudriñar.

En la primera cámara los hombres estaban junto al altar, mirando la caja de madera en la que encontraron el códice. Estaba vacía.

—¿Dónde la encontraron? —quiso saber Manuel.

—Estaba en una pequeña excavación en el suelo, bajo el altar. Así la encontramos, vacía.

—Entonces no la vieron los saqueadores. Ellos no dejan algo así. El códice lo tiene todavía quien lo tomó. Vamos afuera. Gracias, amigos. Terminamos aquí.

Junto con Marcela se encaminó a la salida, seguido de los que estaban con él. En el exterior de la caverna se reunió con Mayor y su gente.

—¿Lo encontraron? —preguntó Mayor.

—No. Se lo llevaron. Solo dejaron la caja de madera. La tiene uno de los muchachos. —Miró directamente a Marcela—. ¿Me acompañas a Xul? Debo hablar por teléfono.

—Claro. Vamos de una vez.

—Bien. —Tomó una mano de Marcela y miró a Mayor para decirle—: Te mantengo al tanto. Nos vemos al rato.

Camino a Xul manejando lo más rápido que podía y repasando los acontecimientos y la información que tenía. Marcela respetaba su silencio.

A la entrada de la población, al tener señal en el celular, estacionó y marcó.

VUELO EN HELICÓPTERO

—¿Me comunica con el agente Alejandro Euán, por favor? De parte del arqueólogo Manuel Rivera —dijo mirando a Marcela con una expresión de cansancio—. Gracias, espero.

Sonrió a su compañera, que le devolvió el gesto al tiempo que colocaba una mano sobre su muslo.

—Agente Euán, buenas tardes. Escuche, hoy sorprendimos a unos saqueadores en la cueva. Creo que no pudieron llevarse nada, pero no le hablé por eso. El caso es que encontramos la caja del códice junto a las ofrendas del altar... Sí, en la cueva. La caja estaba vacía, lo que me lleva a pensar que el códice está todavía en manos del asesino... o asesina, tiene usted razón. Y creo que es parte del grupo de extranjeros que están camino de España. Si no nos damos prisa, se nos escapará. Lo podemos atrapar con el códice en su poder, pero necesitamos evitar que aborden el avión y eso solo puede hacerlo usted. Yo estoy en Xul, con Marcela, vinimos hasta aquí para hablarle... Ya no podemos hacer nada, estamos imposibilitados. Es usted quien tiene la capacidad y los medios para evitar que escapen.

Guardó silencio al decir la voz «aguarde un instante». Cuando volvió a tenerlo en línea, prosiguió:

—Mire, es muy sospechoso que hayan llamado de emergencia a España para decir que los estamos hostigando y que corren peligro aquí. El cónsul honorario de España en Mérida vino en persona a platicar con ellos. En realidad, no había peligro alguno y nadie se metía con ellos, salvo las preguntas que les hice cuando investigaba la desaparición del códice. Usted me dice, con todo gusto...

Manuel asentía con los cinco sentidos puestos en lo que Euán pronunciaba.

—De acuerdo, nos vemos allí. Llegaremos en cuarenta minutos; tal vez, en menos.

Cortó la llamada y miró a Marcela con una expresión juguetona en el rostro.

—Vaya, nos invitó a acompañarlo —comentó, la abrazó, le dio un beso y continuó—. Quedamos en que lo esperemos en el atrio de Oxkutzcab en media hora.

—Pero si está en Mérida, ¿cómo va a llegar tan rápido? —Marcela sonreía divertida—. Vendrá en helicóptero… o estaba en el pueblo cuando le hablaste.

—Le marqué al número de su oficina. —El auto ya avanzaba por la carretera rumbo a Oxkutzcab—. Ya has oído: comentó que estaba a punto de salir y que quiere que le acompañemos.

—¿Y desde cuándo acá son ustedes amigos?

—Je, je. No sé. Yo le hablé porque no tenía más opción. Le llamaba o me sentaba a esperar que desapareciera el códice. Creo que él lo tomó como un gesto de amistad.

—Y tú aceptaste con mucha rapidez su invitación. Ustedes los hombres tienen una manera muy extraña de encontrar amigos.

—¿Y eso es malo?

—No. Solo que me parece curioso. Un día se están matando a golpes y al otro son grades amigos.

—No nos estábamos matando a golpes; a mí me pasaron a matar a golpes, pero no fue él. Y, la verdad, me queda claro que no es nada personal. Él solo estaba haciendo su trabajo cuando me detuvo, tú misma lo dijiste; y yo estaba haciendo el mío. Pero eso ya pasó. Ahora estamos juntos en esto y perseguimos el mismo objetivo.

—Si tú lo dices, te creo. Pero no vayas a pensar que voy a estar tranquila cada vez que te metan en la cárcel porque estás haciendo nuevas amistades.

—Ja, ja, ja. No, eso no sucederá de nuevo. Tenlo por seguro. Con una vez basta.

—Calma. Maneja un poco más despacio, por favor. Ya falta poco y está oscureciendo. De todos modos, vamos a tener que esperar mucho tiempo ahí.

—No. Me dijo que no tardaba, que en menos de una hora llegaban.

—Como quieras, pero si nos accidentamos y me muero, te chingo.

—Ya está. Ya le bajé a ciento diez. No te vas a morir ni nos vamos a accidentar. Tranquila. Ya estamos muy cerca.

Al llegar a Oxkutzcab se dirigieron al centro del pueblo y encontraron un lugar donde estacionar su vehículo junto al Palacio del Ayuntamiento. Caminaron al atrio de la iglesia tomados de la mano y, una vez allí, se dedicaron a observar lo que sucedía a su alrededor, buscando señales del policía.

El sol se acababa de ocultar en el horizonte. Era ese momento en que no es de día ni de noche, la hora cero le llaman los traileros. Las lámparas del alumbrado público se habían encendido varios minutos antes, igual que las de las casas y edificios. Manuel y Marcela se mantenían abrazados frente a la entrada principal de la iglesia. Dentro, la voz del sacerdote recomendaba la prudencia y caridad como eje central del sermón. Afuera, la vida seguía su curso, ajena a lo que sucedía en la mente y el corazón de cada quien. Los pájaros, con su tradicional algarabía, se acomodaban en el follaje circundante para pasar la noche.

—Pues a no ser que vengan en helicóptero, llegaremos a Cancún en la madrugada. —Manuel habló casi para sí, con la mirada puesta en el rostro de Marcela, que empezaba a mostrar signos de cansancio.

—¿Dijo que va a ir a Cancún, que lo íbamos a acompañar? ¿Qué te dijo con exactitud? —Marcela respondió en similar tono de voz. Reconocía que los nervios no la habían dejado enterarse bien de la conversación.

—No hubo nada de eso. Solo dijo que lo esperásemos aquí. Que no permitiría que el asesino escapase y que nos merecemos estar en el momento de la detención.

—Entonces quiere que lo acompañemos. Pero... ¿para qué?, ¿solo para que seamos testigos de que hizo su trabajo? Eso no es normal. La policía, por lo general, no quiere testigos de cómo se desempeña.

—Pues no sé. No tengo claro por qué estamos aquí, pero no tenemos nada que perder con esperarlo. Si en quince minutos no llegan, nos vamos a comer unos panuchos de pavo. ¿Te parece?

—Me parece perfecto. Hace tiempo que no como panuchos aquí. Son deliciosos. Con refresco de pitahaya.

No habían terminado de decirlo cuando el sonido del motor de una aeronave cortó el aire en la lejanía. El efecto doppler les indicó que se estaba acercando rápidamente. Levantaron la vista para buscar en el cielo y no les fue difícil ver las luces de posición de un helicóptero que se aproximaba. Al posarse en tierra, las aspas de la nave levantaron una nube de polvo que obligó a la gente a taparse la cara. Apenas vieron abrirse la puerta, Euán descendió y les hizo ademán de que se acercarán.

Corrieron hacia el helicóptero Bell 407. Manuel se dijo que nunca había volado en una nave de esas, y menos, de la policía. Una cosa era clara: la temporada de campo le estaba ofreciendo experiencias únicas en su vida.

Marcela fue la primera en abordarlo, cubriéndose el cabello con la mano izquierda y usando la derecha para ayudarse a subir. Después subió Manuel y, de inmediato, Euán se acomodó en su lugar. Había una persona más adentro y quedaba otro asiento vacío.

Al despegar, Euán les indicó que se pusieran los audífonos que estaban junto a ellos para que pudieran conversar con más comodidad.

—Qué bueno que llegaron. Nos esperan en Cancún en una hora. Estamos a tiempo. De todos modos, el fiscal del estado se comunicó con su homólogo de Quintana Roo para pedir apoyo y con la Procuraduría General de República, para que no tengamos problema en el aeropuerto. Por cierto, mi compañero es el fiscal investigador Sergio Rodríguez. Nos acompaña para apoyarnos en el operativo —les informó Euán entusiasmado.

—¿Ya sabes quién es el o la culpable? —preguntó Manuel, que actuaba como si Euán y él fueran amigos desde siempre—. Yo tengo mis sospechas, pero no puedo probar nada.

—¿De quién sospechas? —Euán también demostró la familiaridad de viejos conocidos.

Marcela solo los miraba, sin intervenir, con una expresión divertida.

—De Sandra —aseguró Manuel—. Analizando bien los datos, se deduce que es quien tuvo la oportunidad. La noche del crimen la vieron salir desnuda del baño, con el pelo mojado. Cuando llegamos a la cueva a ver el cadáver, fue ella quien entró primero y quien fue directa al lugar donde estaba el cuerpo, cuando se suponía que no sabía dónde se ubicaba. Ese fue un detalle que se me pasó en el momento —iba desgranando como si hiciera inventario de los hechos una vez más—. Tiene un motivo: necesita dinero. Y mucho, al parecer. Su mamá está enferma y el tratamiento debe costar una buena plata. El códice puede llegar a valer algunos millones en el mercado negro.

—Todo es circunstancial, pero tiene sentido. —Euán imitó el modo pausado y como pensativo de Manuel—. El laboratorio informó de que su machete tenía restos de sangre humana. Lo limpiaron antes de desecharlo, pero nunca se elimina del todo la evidencia. Es cuestión de buscar.

—Además, ella fue la que habló a España, para informar de que los estaban acosando y de que corrían peligro. Le urge escapar y el consulado es una excelente garantía de que nadie la estorbará en el camino.

—Ella fue también la que me habló de ti y de tu conducta sospechosa —le confesó Euán—, la que me indicó que tú tenías el celular del difunto. Pero ¿qué me dices de Nahia? Tú la conoces bien y reconocerás que también ella tiene un motivo. Su amante la rechaza cuando le dice que está embarazada. Todo está en el teléfono. En un arranque de desesperación, toma el machete que estaba a la mano y lo asesina.

—Cierto, puede parecer un motivo, pero no es capaz de matar, en especial, a Emilio, que es el padre de su bebé. Lo amaba de verdad. Creyó en él. Además, ¿por qué tomó el códice? Un estado de ánimo alterado la hubiera impulsado a salir corriendo de ahí, no a tomar el códice y a tratar de borrar toda la evidencia. Esas acciones necesitaron sangre fría.

—Correcto —ahora le tocó a fiscal investigador interrumpir—; además, el machete de Sandra estaba, según ella, en su lugar de trabajo. Se necesitaba haber planeado el crimen para tomarlo de antemano. Si fue Nahia, se trató de un acto de oportunidad y desesperación, no de planificación. Es claro que todo apunta a Sandra y que encontraremos el códice entre sus pertenencias. Me pregunto cómo pretende pasarlo por la aduana.

—En México no la revisará la aduana, solo migración —aclaró Marcela—. Y en España puede decir que es una artesanía de recuerdo. Nadie sabe de su existencia; no hay alerta internacional por el robo. Confía en la lentitud de la burocracia del gobierno y a que estén tratando de culpar a Manuel.

El resto del vuelo lo hicieron el silencio, cada quién sumido en sus pensamientos, con la mirada perdida en el exterior, aunque no pudieran ver nada por la oscuridad de la joven noche.

LA HORA DEL ORIGINAL

Descendieron de la aeronave y se acercaron al grupo que los esperaba a unos metros de la pista de aterrizaje. Euán se adelantó, con la mano extendida, para saludar y hacer las presentaciones de rigor.

—Buenas noches. Alejandro Euán, fiscal investigador a cargo del caso. Mi compañero, Sergio Rodríguez, fiscal investigador. El arqueólogo Manuel Rivera, responsable del códice desaparecido y un gran apoyo en la investigación del caso. La arqueóloga Marcela Talavera, especialista en la cultura maya. Ellos van a certificar que el códice esté en el estado en que se encontró y que sea el original.

—Mucho gusto. Bienvenidos. Soy el agente Gabriel Mancera, de la Procuraduría General de la República. El oficial de la policía federal, Guillermo Estrada. Recordemos que en México los aeropuertos son territorio federal a cargo de la policía federal. Los policías federales que nos acompañan están para apoyarnos en caso de ser necesario. El avión está en plataforma y espera instrucciones de la torre de control. El capitán ya sabe que les estábamos esperando, pero no se lo ha comunicado a los pasajeros. La salida estaba programada para hace quince minutos, así que no hay motivo de preocupación todavía. Se les comunicó que, debido al tráfico aéreo, había un pequeño retraso. Síganme, por favor. Vamos a abordar la nave. Ya contamos con la autorización del capitán.

Al aproximarse al aeroplano abrieron la puerta y colocaron la escalerilla de ascenso. El grupo subió encabezado por Euán, quien de inmediato se dirigió al grupo de españoles, que los miraban absortos. Al llegar junto a Sandra, ubicada en un asiento del pasillo, al lado de Nahia, se detuvieron y Euán se dirigió a la ceramista con tono muy frío y profesional:

—Disculpe, arqueóloga, pero tiene que acompañarnos. Queda usted detenida por el asesinato de Emilio Barrientos y el robo de propiedad de la nación. Tenga la bondad de ponerse de pie, sin resistencia, con las manos atrás. Tiene derecho a comunicarse con su consulado, a un abogado y a permanecer en silencio. En este momento, el personal de la aerolínea está descargando su equipaje. Háganos el favor de indicar cuál es su equipaje de mano. ¿Entendió todo lo que le acabo de decir?

—¡Manuel!, ¡Marcela! ¿Qué es esto? ¿Es verdad lo que está diciendo el policía? —Nahia miraba con asombro a su compatriota, al fiscal investigador y a los arqueólogos.

—Así es, Nahia —dijo Manuel mirándola con afecto—. Esta mujer fue quien asesinó a su amigo y la que robó el códice.

—Por favor, Sandra, dime que es un error, que no es cierto, que están equivocados.

Sandra la miró con ternura. Se puso de pie lentamente, señaló el gabinete sobre sus cabezas y puso las manos en la espalda.

—Ahí está mi bolso. Es el de cuero negro. Dentro encontrarán el códice, en una pequeña caja de cartón envuelta en papel para regalo. —Sandra miraba a Euán y deslizó su mirada por los rostros de los oficiales y sus antiguos compañeros. Después se dirigió a Nahia —. Así es, mi niña, tienen razón. No es un error. Espero que algún día me comprendas y me perdones, aunque él nunca pensó en quedarse contigo. Cuídate mucho, ten a tu bebé y sé feliz.

El fiscal Rodríguez abrió el gabinete para rescatar el equipaje de mano, tomó el bolso indicado por Sandra y buscó en su interior. Sacó la caja de cartón, la abrió y se la ofreció a Manuel y Sandra para que observaran su contenido.

Manuel estuvo un instante contemplando el códice y afirmó:

—Es el original. Lo encontramos. —Asintió con la cabeza y luego se dirigió a Sandra—. ¿Cómo pensabas introducirlo a España? Es seguro que la aduana lo habría detectado.

—Como una artesanía sin valor. Un regalo para mi jefe en la universidad. Esos tipos jamás han visto un códice prehispánico. Si yo les aseguro que está recién hecho, se lo creen.

—Pues adelante, acompáñenos, que todavía tenemos que tomar un vuelo de regreso a Mérida —Euán apresuró a la detenida— con escala en Oxkutzcab.

EPÍLOGO

Eran las diecinueve horas del martes diecisiete de abril y empezaba a anochecer. Habían pasado cinco días de la detención de la española cuando sonó el timbre de la casa de Manuel. Él se encontraba en la cocina preparando agua de pitahaya. Oyó la puerta de entrada y la voz de Marcela que le gritaba:

—¡Amor, tenemos visita!

Se lavó las manos sin prisa y salió a ver quién había llegado. Su rostro denotó una gran sorpresa al ver a Euán en mitad de la sala, con una caja en las manos.

—Hola, arqueólogo, ¿cómo estás? Quise pasar a saludarte y traerte personalmente tus cosas. En la caja encontrarás tu computadora y tu cámara. Todo lo que estaba resguardado como evidencia. Está en buen estado. Me da mucho gusto verlos bien, y juntos. Traje también una botella de whisky, aunque de haber sabido que estarían los dos, hubiera traído vino. Me disculpo, señorita, pero la compensaré.

Marcela sonrió abiertamente.

—No se preocupe. No sea tan formal. Ya que todo terminó, podemos relajarnos y pasar un rato agradable. Estábamos preparando la cena; nada complicado. Esperamos que nos acompañe y así podemos ponernos al día.

—Si el arqueólogo no tiene inconveniente, por mí, encantado.

Manuel se apresuró a tomar la caja de manos del policía.

—Ningún inconveniente. Al contrario, bienvenido a nuestra casa. Permíteme, que pongo esto en un lugar más apropiado y te invito a un whisky o a una cerveza, lo que prefieras. Claro, si no estás de servicio. Solo te pido que no sigas con eso de arqueólogo. Al fin y al cabo, nos conocemos bastante bien.

—Por favor, siéntate donde estés más cómodo. Voy por las cervezas en lo que regresa Manuel —invitó Marcela; y se dirigió a la cocina.

Minutos después, con una cerveza cada uno, los tres platicaban como viejos amigos.

—Pues sí, como puedes ver, lo nuestro es un hecho. Marcela se mudó conmigo el fin de semana. Todavía no se lo hemos dicho a los compañeros y amigos. El único que lo sabe es Mayor, que nos ayudó con la mudanza.

—Y Nahia —terció Marcela—. No podíamos ocultárselo. Se lo platicamos por videoconferencia ayer por la noche, precisamente.

—¿Cómo está ella? ¿Cómo le fue con sus papás?

—Está mucho mejor. —Marcela sonrió al hablar de su amiga—. Sus papás la van a apoyar con el bebé para que termine la carrera. Sí, les dolió, pero lo superarán juntos. Piensa que puede trabajar como arqueóloga y criar a su bebé. Todavía no asimila bien lo que pasó. Tiene pesadillas. Está considerando buscar ayuda profesional para superar el trauma. Pero va bien, mejor de lo que imaginó. Su familia la apoya. La quieren mucho. Le dieron un buen sermón, pero no la abandonaron. Quedamos en mantener el contacto frecuente y piensa invitarnos al bautizo de la criatura. Quiere que seamos los padrinos.

—Claro que iremos —intervino Manuel—. Eso no me lo pierdo por nada. Es una buena chica. La vida le jugó rudo, pero lo superará. Además, es la oportunidad de pasar nuestra luna de miel en España. Y, de paso, darnos una vuelta por el resto de Europa.

—¿Luna de miel? —Marcela no pudo ocultar su sorpresa—. Si no hemos hablado de matrimonio.

Manuel y Euán soltaron la carcajada mientras Marcela abrazaba a su novio y lo besaba con pasión.

—Bueno, ya no se burlen más de mí. Vamos al comedor para que no se enfríe la cena. Espero que te guste el agua de pitahaya. Manuel acaba de prepararla. Hay una pizza italiana.

—Desde luego que me gusta. Les agradezco la invitación.

Un buen rato después, terminada la cena y una amena charla, Euán se puso serio.

—Bueno, también quiero compartir con ustedes la última información del caso. Tenemos la confesión de Sandra. Parecía como si quisiera confesar desde que la arrestamos. Casi nos agradeció el arresto —dijo pausado, como escogiendo bien cada palabra—. Es una mujer increíble, pero también tiene sangre fría.

Tomó un sorbo de agua de pitahaya y continuó:

—El crimen fue inevitable, según dice. Necesitaba el dinero para pagar un tratamiento experimental que le puede salvar la vida a su mamá. El problema era que Emilio no se separaba del códice. No podía robarlo sin que la descubriera, así que tomó la decisión de eliminarlo. Encontrar la cueva fue un golpe de suerte, porque le permitió cometer el crimen en un lugar aislado, pero fue pura improvisación. No contó con que ustedes iniciarían una investigación propia. Esperaba que transcurriera el tiempo suficiente para poder vender el códice en este país y partir sin problema. Así que, cuando llegamos, su plan original se complicó mucho. Por eso su urgencia de que el consulado la sacara de aquí cuánto antes. Confesó todo, voluntariamente. No tomó en cuenta que no podía evitar la acción de la justicia. Además, su madre falleció hace un par de días.

—¡Pobrecilla! Así que todo lo que hizo fue en vano, que arruinó su vida para nada —interrumpió Marcela.

—En cierta forma sí. Qué pena que haya llegado a esto… Pero así son las cosas. —Manuel tomó la mano de Marcela—. ¿Y qué va a pasar con ella?

—Por la naturaleza del crimen y el hecho de que es extranjera, va a permanecer detenida hasta el juicio. El consulado le consiguió un abogado, pero tendrá que pagarlo de su peculio personal. Solo se limitan a atestiguar que sean respetados sus derechos. Estamos integrando el expediente para turnarlo al juzgado correspondiente. Considero que en un par de días ya estará bajo la custodia del juez.

—Qué pena, pero tiene que asumir las consecuencias de sus actos. La suerte no existe, sino las buenas o malas decisiones. Eso es lo que define cómo nos va en la vida. Tomó una mala decisión y ahora afronta las consecuencias —sentenció Manuel con tono grave.

Euán consultó su reloj.

—Así es. Y, amigos míos, me tengo que retirar, que ya es un poco tarde y mañana tengo jornada completa. Les agradezco mucho la cena y la charla. Por cierto, en la caja, debidamente empaquetado, está el códice. No lo incluimos como evidencia para que puedan estudiarlo ustedes. Si lo presentáramos, se quedaría en la bodega de evidencias muchos años y los estudiosos no podrían acceder a él. Creo que, después de todo lo que pasaron, ustedes son los mejores custodios de esa cosa.

—Muchas gracias. Ten la certeza que en nuestros informes no se mencionará nada sobre su robo y rescate. Esperamos que nos visites con frecuencia. Hasta pronto.

Manuel le tendió la mano mientras Marcela abría la puerta.

Made in the USA
Middletown, DE
27 September 2021